Madeleine Bourdouxhe
Auf der Suche nach Marie

SERIE PIPER

Zu diesem Buch

Marie, die dreißigjährige junge Frau, ist glücklich mit Jean verheiratet. Das jedoch hindert sie nicht daran, während der gemeinsamen Ferien am Meer verstohlene Blicke mit einem schönen jungen Mann auszutauschen, die in eine stürmische erotische Affäre münden werden. Maries sexuelles Erwachen löst ein tiefes Glücksgefühl in ihr aus, das sie am liebsten ganz für sich genießt: allein durch Paris flanierend, im Café eine Zigarette rauchend, auf einem Jahrmarkt, in einem Zugabteil ... Trotzdem bleibt die Wirklichkeit eine feste Größe für sie. Selbstverständlich folgt sie ihrem Ehemann, als der in die Provinz versetzt wird, und sie hilft ihrer unglücklichen Schwester Claude, als die sie braucht. Ein aufregender Roman, der die körperliche Liebe und ihre beflügelnde Wirkung feiert – Marie ist niemals passiv oder indifferent, sie steht mitten im Leben und kostet es aus bis zum letzten Tropfen. Sie ist im wahrsten Sinn eine moderne Heldin.

Madeleine Bourdouxhe, geboren 1906 in Lüttich, gestorben 1996 in Brüssel. Sie gehörte zum literarischen Kreis um Jean-Paul Sartre und Simone de Beauvoir. Ihr Œuvre, das mehrere Romane und Erzählungsbände umfaßt, erlebt derzeit ein internationales Comeback. Auf deutsch erschienen außerdem mit großem Erfolg der Roman »Gilles' Frau«, der Erzählungsband »Wenn der Morgen dämmert« und zulezt 1999 »Unterm Pont Mirabeau fließt die Seine«.

Madeleine Bourdouxhe
Auf der Suche nach Marie

Roman

Aus dem Französischen von
Monika Schlitzer

Nachwort von
Faith Evans

Piper München Zürich

Das Nachwort stammt aus der englischen Ausgabe, die 1997 unter dem Titel »Marie« bei Bloomsbury in London erschienen ist. Die Übersetzung besorgte Monika Schlitzer.

Von Madeleine Bourdouxhe liegen in der Serie Piper außerdem vor:
Wenn der Morgen dämmert (2067)
Gilles' Frau (2605)

Taschenbuchsonderausgabe
Juli 2001

Titel der französischen Originalausgabe:
»À la recherche de Marie«, Éditions Libris, Brüssel 1943

Umschlag: Büro Hamburg und ZERO München
Umschlagabbildung: Christie's Images / Super Stock
Satz: Uhl + Massopust, Aalen
Druck und Bindung: Clausen & Bosse, Leck
Printed in Germany ISBN 3-492-23385-6

I

»Marie, bist du fertig?«

Ungeduldig stieß Jean die Schlafzimmertür auf. Marie wandte sich brüsk vom Fenster ab und zog geschäftig die Vorhänge zu.

»Ja, ich bin fertig ... es ist besser, wenn die Vorhänge zu sind, bei dieser Hitze.«

»Ich warte schon seit einer halben Stunde auf dich.«

Sie sah Jeans ärgerliches Gesicht und folgte ihm wortlos.

Marie hatte sich nicht einmal mehr gekämmt. Als sie ins Schlafzimmer gekommen war, hatte sie durch das geöffnete Fenster auf das Meer hinausgesehen und ein Boot entdeckt. Sie war zum Fenster gegangen, um es besser sehen zu können, hatte den Kopf an den Fensterrahmen gelehnt und war einfach so stehengeblieben. Mit lautem Knattern war der alte Autobus, der das Dorf anfuhr, vorbeigekommen, ein Motorboot hatte mit ohrenbetäubendem Lärm angelegt, eine Gruppe Kinder war schreiend zum Hafen hinuntergelaufen. Das Schiff, das anfangs Maries Aufmerksamkeit erregt hatte, war inzwischen längst außer Sichtweite, und es war wieder still geworden. Vom Boden her stieg ein leichter harziger Geruch auf.

Außer ihnen war niemand im Treppenhaus. Marie legte liebevoll den Arm um Jeans Schultern.

»Bist du mir böse?«

Im Erdgeschoß blieb sie einen Moment vor dem Spiegel im Flur stehen: »Ist wenigstens meine Frisur in Ordnung?«

Der Knoten war etwas nach unten gerutscht, und die braune Strähne hing ihr, wie schon vorhin, viel zu tief über die rechte Schläfe herab.

»Ja. Du hast zwar lange gebraucht, aber du siehst gut aus.«

Sie sagte nichts darauf. Er hatte sie nicht einmal angesehen ... Wahrscheinlich hatte er es so eilig, aus dem Haus zu kommen, daß er gar nicht richtig hingeschaut hatte. Aber schließlich hatte sie ihn ja auch eine halbe Stunde warten lassen.

Als sie das Haus verließen, sagte Marie: »Wie schön die Sonne scheint! Besseres Wetter könntest du zum Baden gar nicht haben.«

»Möchtest du denn nicht baden?«

»Ich weiß noch nicht. Ich werd's dir sagen, wenn ich das Wasser gesehen habe.«

»Das sagst du immer, und dann badest du doch nie.«

Die Straße ist weiß, ausgetrocknet, ohne Schatten. Sie gehen, ohne miteinander zu sprechen, in die Hitze hinaus und auf die andere Straßenseite. In der Sonne ist Maries Kleid etwas durchsichtig, so daß sich ihre langen, sanft gerundeten Beine unter dem Stoff abzeichnen. Das Licht bringt alle Farben in ihrem Haar zum Leuchten: Kastanienbraun, Rot, Blond. Ab und zu blinzelt sie mit den Augen oder runzelt die Stirn und hebt schützend ihre großen, schönen Hände vors Gesicht.

Sie kommen zu einem schmalen, von Zypressen gesäumten Weg, der zum Meer hinunterführt. Dicht nebeneinander gehen sie auf der rechten Seite des Wegs im mageren Schatten der jungen Bäume. Maries Haar hat jetzt wieder einen einheitlicheren Farbton, ihr Gesicht entspannt sich, und man kann ihre Augen besser erkennen, den abwesenden Blick, der die Dinge mit Gleichgültigkeit zu betrachten scheint. Auf einmal endet der Weg. Er öffnet sich auf einen Strand, und plötzlich stehen sie wieder im gleißenden Sonnenlicht.

Als sie Seite an Seite im Sand saßen, zog Jean seine Sandalen aus.

»Warte lieber noch ein bißchen, bevor du ins Wasser gehst«, sagte Marie. »Es ist noch zu kurz nach dem Mittagessen.«

Er wandte sich zu seiner Frau um und sah ihren beunruhigten Blick.

»Zwei Stunden sind mehr als genug!« sagte er. »Aber gut, wenn es dir lieber ist, warte ich noch. Ich möchte ja nicht, daß du vor Angst stirbst, wenn ich ins Wasser gehe.«

Marie rückte noch ein wenig näher zu ihm, lehnte den Kopf an seine Schulter und schloß die Augen. »Jean ist ganz nah bei mir. Jean, der einzige Mann auf der ganzen Welt, den ich liebe.« Maries Herz war erfüllt von einer unendlichen Zärtlichkeit, und ihre Phantasie erschuf seltsame Bilder: Sie ging mit Jean in ein intimes Lokal mit vielen eng umschlungenen Schatten, er schob sie sanft auf einen Tisch zu. Seine Hand fuhr über ihren nackten Arm, drückte ihn lange, bevor er sie losließ. »Liebling, möchtest du tanzen?« Er zog sie zu einer kleinen, etwas erhöhten Tanzfläche, legte die Arme um sie, hob sie dabei fast ein wenig vom Boden ab und trug sie im Rhythmus einer sehnsuchtsvollen, bekannten Melodie davon (Marie zögerte einen Moment: war es eine banale Musik? Ja, die Musik mußte sinnlich und vulgär sein; je banaler, desto besser...). Wie schön sie zusammen tanzten; und wie zärtlich Jean mit seinen Lippen Maries Schläfe berührte!

Auf dem Strand schmiegte Marie sich noch dichter an Jeans Schulter. Sie tanzten eng umschlungen. Jean genoß diese Nähe genauso sehr wie sie selbst, auch er wünschte sich, daß diese Umarmung nie zu Ende ginge.

»Es ist so heiß, Schatz, mußt du so an mir kleben?«

Marie löste sich von ihm, zog die Beine an, legte ihre Stirn auf die Knie und schloß wieder die Augen. Er wünschte sich, daß diese Umarmung nie zu Ende ginge... Sie tanzten immer noch. Als sie schließlich zu ihrem Tisch zurückkehrten, sah er Marie mit verheißungsvollem Blick an und fragte: »Gehen wir nach Hause?«

Marie hebt den Kopf, und ihre Augen blicken, ohne wirklich etwas wahrzunehmen, auf das Wasser, auf die Boote, den Sand und die über das Meer flirrenden Lichter. Sie erinnert sich an Gespräche mit Freundinnen, nutzlose, langweilige Gespräche, die immer gleich verlaufen und ihr auf die Nerven gehen, an denen sie sich aber dennoch beteiligt. Sie hört die Stimme von Luce, die sagt: »Marie, du liebst deinen Mann aus tiefstem Herzen. Dir ist es gelungen, dich in deiner Liebe völlig zu verwirklichen. Du bist die einzige von uns, die weiß, was Glück ist.« Marie lächelt und sagt darauf immer: »Ja, das ist wahr.« Und jetzt, während sie sich daran erinnert, spielt wieder dieses sonderbare Lächeln um ihre Lippen. Sie dreht sich um, streckt sich aus und legt sich auf den Bauch. Das Lächeln ist aus ihrem Gesicht verschwunden. »Was ist Glück?« überlegt sie, »was eigentlich bedeutet Glück?«

»Ob du willst oder nicht, ich gehe jetzt schwimmen!« ruft Jean, während er schon zum Wasser läuft.

Sofort springt sie auf, das Gesicht zum Meer gewandt, und sucht Jean mit besorgtem Blick. Er ist ein schlechter Schwimmer, aber das hält ihn nicht davon ab, jedesmal weit hinauszuschwimmen. Als Marie ihn endlich entdeckt, läßt sie ihn nicht mehr aus den Augen. Sie verfolgt jede seiner Bewegungen. Er taucht, und sofort krampft sich in ihr etwas zusammen. Sie hält die Luft an, bis Jeans Kopf ein Stückchen weiter entfernt naß und glänzend wieder zwischen den Wellen auftaucht. Jean nähert sich dem Ufer; jetzt reicht ihm das Wasser nur noch bis zu den Hüften, er winkt Marie zu, stützt die Hände in die Hüften und sieht den anderen Badenden zu.

Marie nutzt diese Atempause. Sie setzt sich wieder und wendet den Kopf nach links. Sie sieht, wie jemand sich auf einem Felsen niederläßt. Soweit sie es von hinten erkennen kann, scheint der Mann sehr jung zu sein. Von anderen Felsen halb verdeckt, zieht er sich zum Baden um. Seine Haare sind schwarz und ein wenig fransig, seine Schultern sind schlank, scheinen jedoch fest und kräftig zu sein. Jetzt geht er mit gesenktem Kopf über die Steine, springt auf den Sand und läuft ein Stückchen auf Marie zu.

Er hebt den Kopf, und ihre Augen begegnen sich.

Sie ist es, die als erste den Blick wieder senkt und den Kopf abwendet: Wo ist Jean? Da ist er, mitten unter den anderen Badenden. Wieder sieht sie nach links. Der junge Mann liegt jetzt ausgestreckt auf dem Sand und hält das Gesicht in die Sonne. Ihr erster Eindruck bestätigt sich: er hat schlanke, kräftige, stark gebräunte Schultern und lange, muskulöse Beine, die noch brauner sind als Maries eigene. Langsam wandern ihre Augen den ausgestreckten Körper entlang, folgen seinen Rundungen und erforschen das junge Fleisch.

Er hebt die Arme und verschränkt die Hände über dem Gesicht, um seine Augen vor der Sonne zu schützen. Wie jung er ist! Welcher Tatendrang, welche Erwartungen, welche Hoffnungen sich wohl hinter diesen geschlossenen Lidern verbergen?

Plötzlich hört Marie Jeans Stimme neben sich: »Ich habe Hunger! Ich zieh' mich jetzt an, und dann gehen wir Kaffee trinken!«

Jean läuft auf die Felsen zu und bleibt genau an der Stelle stehen, wo Marie vorhin den jungen Mann gesehen hatte. Jean steht in demselben Rahmen, macht dieselben Bewegungen. Die Szene ist fast identisch, doch sie sieht sie in einem ganz anderen Licht. Jean bückt sich, richtet sich wieder auf, verharrt einen Moment bewegungslos und streckt der Sonne nochmals seinen nackten Oberkörper entgegen. Marie beobachtet ihn mit gesenktem Kopf, verfolgt jede dieser Gesten, die sie so gut kennt. Eine geordnete Wirklichkeit: umgeben von einer Aura der Zärtlichkeit und Wärme, wie sie nur aus dem Vertrauten, Geliebten erwachsen kann.

Und vorhin? Dieser Unbekannte, der sich zwischen den Felsen unbeobachtet fühlte? Ein anderer Moment, eine andere Aura ... Eine Wirklichkeit, die man erfassen, berühren, sich zu eigen machen kann. Die Welt des Möglichen; das Faszinierende, das Aufregende eines neuen, unbekannten Lebens.

Marie läßt ihren Blick wieder zu dem jungen, noch immer bewegungslosen Körper schweifen, wo er für einen Augenblick verweilt. Das Leben besteht aus vielen Leben, die Welt besteht aus vielen Welten... Ihre Züge leuchten auf, als hätte sie sich plötzlich an etwas erinnert. Sie verschränkt ihre Arme wieder auf dem Boden und vergräbt ihr ganzes Gesicht in ihnen. In der engen Kapelle ihrer auf dem Sand überkreuzten Arme zieht sie ihren eigenen Atem ein: »Marie, bist du da? Ja, ich bin noch da ... ganz allein in meinen eigenen Armen ... Marie!«

Wie jeden Nachmittag setzten Jean und Marie sich in das Café des Hotels, wo man jeden Tag um dieselbe Zeit dieselben Feriengäste vor ihrem Kaffee, Tee oder ihrer eisgekühlten Pfefferminzlimonade sitzen sah. Es war nicht mehr sehr heiß, aber über allem lag die Apathie des späten Nachmittags, in der die Hitze des Tages noch nachwirkte. Etwas Unaussprechliches umgab Marie und erfüllte sie mit einem Glücksgefühl. Jean war bei ihr, goß ihr Kaffee ein und bot ihr eine Zigarette an: traute Zweisamkeit in einem Straßencafé mit Blick auf das Meer.

In dem lichten Schatten, den ein großer Sonnenschirm über den Tisch breitete, konnte sie Jeans Gesicht gut erkennen, seine eher weichen Gesichtszüge, die sich nur manchmal unter Anspannung verhärteten. Hin und wieder fuhr er sich mit seinen breiten Händen, mit den von zartem Flaum bedeckten Fingern durch das blonde Haar, das von der Feriensonne noch heller geworden war. Jean war eine starke Persönlichkeit – besser gesagt, es gab Momente der Stärke. Er konnte klar und deutlich einfordern, was ihm zustand, oder auch mehr als ihm zustand. Die Art und Weise, wie er Entscheidungen traf, wie er trank, aß, sich setzte, seinen Platz einnahm, hatte etwas Egoistisches.

»Du bist ja so still, Marie?«

»Ich sehe dich an.«

Er lächelte, goß sich nochmals Kaffee ein, ließ ein Stück Zucker in die Tasse fallen, hob wieder den Kopf und sah Marie an.

»Liebst du mich?«

»Ich liebe dich ...«

Sie hatte ruhig und ernst geantwortet. Sie senkte die Augen, zögerte einen Moment, so als müßte sie überlegen, sah ihn wieder an und wiederholte mit ihrer normalen, kräftigen Stimme: »Ich liebe dich. Ja, ich liebe dich.«

»Außerdem weißt du das ja nun schon eine ganze Weile!« fügte sie lachend hinzu.

»Sechs Jahre. Das ist doch schon ganz schön lange, findest du nicht!«

Er lachte auch und drückte Maries zartes Handgelenk ein wenig zu fest.

Eine Gruppe junger Frauen mit Tennisschlägern unter dem Arm kam auf sie zu. Marie rief aus: »Habt ihr etwa bei dieser Hitze Tennis gespielt?«

»Der Platz liegt im Schatten, und wir machen zwischen jedem Satz eine Pause. Du solltest auch mal mitkommen, Marie. Wie wär's morgen?«

»Wie kannst du bloß auf die Idee kommen, daß Marie mit uns etwas unternehmen will! Spar dir die Mühe: Jean spielt nicht Tennis, und es ist völlig undenkbar, daß die liebevollste und treueste aller Ehefrauen ihren Jean einen ganzen Nachmittag allein lassen könnte!«

Marie lächelte in sich hinein. Sie sah von den jungen Frauen zu Jean hinüber, ließ ihren Blick dann geistesabwesend über das Meer schweifen und fixierte die unendliche Weite des Horizonts.

Jean überschlug sich vor Höflichkeit: »Was wollt ihr trinken? Setzt euch doch zu uns.«

»Nein, wir gehen heim. Bleibt ihr heute abend im Hotel? Wir schauen mal vorbei.«

Jean und Marie blieben allein zurück, in übereinstimmendes Schweigen gehüllt.

Fast unmerklich hatte das Wetter sich geändert. Über dem Meer war der Himmel immer noch wolkenlos, während er sich über dem Dorf verdunkelte. Vom Land her näherten sich drohende Wolken. Man hörte ein schweres, fernes Donnergrollen. Nach einer Weile hallte es schon viel deutlicher von den nahen Bergen wider. Marie sah Jean besorgt an: »Glaubst du, es kommt in unsere Richtung?« fragte sie.

»Das glaube ich nicht, der Wind scheint von ...«

Jean unterbrach sich und lauschte bewußter auf das

dritte Grollen, dann drehte er sich zu Marie um und schnitt eine Grimasse: »Arme Marie – mach dich auf das Schlimmste gefaßt.«

Sie versuchte zu lachen. Sie sah, wie die Hoteldiener die Tischdecken zusammenfalteten und die Sonnenschirme schlossen; ein kurzer, harter Blitz zuckte auf wie ein Reflex. Mit angstverzerrtem Gesicht sah sie zum Himmel hinauf, ließ den Kopf wieder sinken und kauerte sich zusammen.

»Laß uns nach Hause gehen«, sagte sie. »Du weißt doch, daß ich Angst habe. Ich mag Gewitter nicht.«

Er bat sie, noch zu warten, beschwichtigte sie, es ginge schnell vorüber. Marie versuchte ihr Unbehagen zu überwinden und wartete schweigend.

Nach einigen versprengten Tropfen hörte der Regen wieder auf. Nur einmal hörte man es noch donnern, aber sehr weit entfernt. Maries Gesicht entspannte sich allmählich. Plötzlich kam auch die Sonne wieder zum Vorschein, und Maries gute Laune kehrte zurück. Sie schlug Jean einen Spaziergang zum Hafen vor.

Marie hatte sich bei Jean eingehängt. Seite an Seite genossen sie die milde Wärme der zurückgekehrten Sonne. Sie betrachteten die Boote und die ausgeworfenen Fischernetze. Als Jean einen der Fischer ansprach, wandte sich Marie den Bergen zu, ohne den Arm ihres Mannes loszulassen, und stellte sich das Chaos aus Wasser, Blitz und Donner vor, das man hinter den hohen Gipfeln erahnen konnte. Sie sah sich inmitten des Unwetters allein die steilen Abhänge hinunterlaufen, die Augen auf das aufflammende Licht gerichtet und das Gesicht naß vom Regen. Sie seufzte tief auf und wandte sich wieder dem Hafen zu. Das unruhige Funkeln in ihren Augen verschwand allmählich. Ihren sanften Ausdruck hatten sie jedoch erst wieder gewonnen, als sie schließlich mit zärtlichem Blick auf Jean ruhten.

Am Abend versammelten sich die Freunde im Garten des Hotels. Jean diskutierte lebhaft mit Luce und zwei anderen jungen Frauen.

»Ich gehe ein wenig zur Straße vor«, sagte Marie so leise, daß es von den anderen kaum wahrgenommen wurde.

Kein Windhauch bewegt die Blätter an den Alleebäumen; noch immer verströmen Pinien, die die Sonne während des Tages aufgeheizt hat, ihren in Wolken aufsteigenden Geruch; aber mit der Nacht breitet sich Kühle aus, und die Erde ist wie befreit. Marie erreicht den Weg, den sie am Nachmittag mit Jean gegangen ist, und folgt ihm bis zum Ende.

Man kann kaum erkennen, wo der Strand aufhört und das Meer beginnt. Marie geht immer weiter, bis sie das Wasser an ein Boot schlagen hört. Sie hat noch nie versucht, ein Boot loszubinden und aufs Meer hinauszurudern. Sie weiß gar nicht genau, welche Handgriffe dafür nötig sind. Aber auf einmal wird sie von einer ungewohnten Neugier getrieben.

Von der Kraft ihrer Hände geschoben, gleitet das Boot über den Sand, bis es schließlich im Wasser schwimmt. Marie steigt hinein, setzt sich auf die Bank und ergreift die Ruder. Ungeschickt rührt sie mit ihnen im Wasser herum. Es ist gar nicht so leicht. Wenn Jean jetzt hier wäre, würde er das Boot rasch mit kräftigen Schlägen vorwärtsbringen. Er würde sagen: »Schau, so geht das.« Ein Stück weiter würden sie anlegen und dicht aneinandergeschmiegt im Boot sitzen bleiben. Aber Jean ist jetzt nicht hier. Nicht er ist jetzt wichtig, sondern nur das Meer, dieses Boot und seine Ruder. Und diese Ruder muß man hochdrücken, ja, genau so, und nach hinten schieben, eintauchen, heranholen, wieder hochdrücken und dabei den Oberkörper nach vorne neigen und wieder aufrichten. Sie muß diesen Rhythmus verinnerlichen und ganz in der Bewegung aufgehen.

Marie hat sich schon weit vom Ufer entfernt. Sie hält inne, zieht die Ruder ein und schaut sich um. Wie schön das Meer ist. Es erscheint ihr, als könne sie seit vielen Jahren zum ersten Mal wieder sehen, welche Farbe das Meer bei Nacht hat, und den Geruch einatmen, der von ihm aufsteigt. In diesem Augenblick ist sie ganz mit sich allein. Und vor dem Hintergrund dieser Mischung aus Farbe und Geruch erkennt sie auf einmal mit großer Klarheit eine alte elementare Wahrheit. Sie begreift nun wieder ihren ganzen tiefen Sinn, er erschließt sich ihr wie ein lange gehütetes Geheimnis.

Jetzt überläßt sie sich ganz ohne Furcht der Bewegung des Wassers. Spielt es denn eine Rolle, wohin es sie trägt? Vielleicht wird sie noch weiter hinausgetrieben, aber vielleicht bringen die Wellen sie auch allmählich zum Ufer zurück.

Plötzlich hört sie laute, bekannte Stimmen.

»Marie, wo bist du?«

»Hallo, Marie, antworte doch!«

Sie richtet sich auf, lenkt das Boot zum Strand und sieht einen Felsen, auf den sie zuhält. Sie springt aus dem Boot und bindet es schnell mit dem Tau fest. Die Stimmen rufen noch immer nach ihr. Schließlich antwortet sie und geht auf Jean und die beiden Frauen zu.

»Wo warst du denn bloß? Du bist anscheinend doch nicht auf der Straße geblieben?«

»Wenn wir nicht wüßten, wie sehr dir vor dem Wasser graut, hätten wir gedacht, du seist klammheimlich mit einem Boot oder einem Kanu auf und davon! Aber da brauchen wir uns ja wohl keine Gedanken zu machen, oder?«

»Wir haben dich gesucht, weil wir zusammen zum Hafen gehen wollten. Komm!«

Sie lächelt und läßt sich von den Armen mitziehen, die sich ihr entgegenstrecken.

Im Hafen hatte gerade ein Fischerboot angelegt; alle Leute stürmten dorthin und sahen zu, wie der Fang entladen wurde. Sie packten mit an, reichten die vollen Körbe weiter, stellten sie auf den Bänken ab, die den schmalen Kai des kleinen rechteckigen Hafens säumten. Man umringte die Fischer, befragte sie, beugte sich über die frisch gefangenen Seefische.

Als Jean und die beiden Frauen weitergingen, wollte Marie ihnen folgen. Sie hob den Kopf, blieb dann aber plötzlich wie angewurzelt stehen und rang nach Luft wie nach einer etwas zu kräftigen Umarmung: Er stand vor ihr, mit seinen langen, jungenhaften Armen auf die Lehne einer Bank gestützt. Sie stellte sich die schmalen, sonnengebräunten Schultern unter dem Stoff seines Anzugs vor, seine sehnigen, braunen Beine und seine schlanken Hüften. Ihre Blicke begegneten sich zum zweiten Mal. Wie alt mochte er sein? Neunzehn oder zwanzig? Er hatte ernste Augen; vielleicht war er zweiundzwanzig, aber älter bestimmt nicht. Die kleinen Fältchen unter den Augen waren eher ein Zeichen von Kindlichkeit als ein Merkmal der Reife.

Der Fischer fuhr mit seinen Erklärungen fort, obwohl nur noch zwei schweigende Zuhörer übriggeblieben waren. Bald kam das Gespräch wieder in Gang. Marie musterte den Jungen, während er sich mit dem Mann unterhielt. Und wenn sie redete, ruhten seine Augen auf ihr. Miteinander sprachen sie nicht, sie richteten ihre Fragen und Antworten immer nur abwechselnd an den Fischer.

»Nun, jedenfalls reicht es morgen für ein paar ordentliche Mahlzeiten.«

Sie lachten gleichzeitig über die Äußerung des Mannes – nicht etwa, weil sie diesen Satz so besonders komisch gefunden hätten, ihr Lachen war eher verlegen als fröhlich.

Später liegt Marie im Halbdunkel des Zimmers ausgestreckt auf dem Bett, von Jeans Armen umfangen.

»Jean, Liebster...«

Sie flüstert die Worte mit Schmerz in der Stimme, den Geist auf ein drängendes Ziel gerichtet, das sie erreichen muß... Etwas Schweres, Erdrückendes steigt in ihr auf, nimmt Gestalt an, dehnt sich aus, steigt weiter, birst. Maries grenzenlose Traurigkeit löst sich mit einem Mal auf. Sie ist erschöpft und von einem Glücksgefühl erfüllt, das eher geistigen denn körperlichen Ursprungs ist. Jean, der dem starken Zittern ihres Körpers kaum Beachtung schenkt, bettet sie artig wieder neben sich.

»Und jetzt schlaf schnell, Marie.«

Er wendet sich von ihr ab, dreht sich um und schläft ein. Marie wäre am liebsten tot. Wenden sich alle Männer gleich nach der Liebe ab und schlafen ein? Wahrscheinlich ist es so.

Sie wälzt sich auf die andere Seite des Bettes, auf die kalte Stelle, auf ihren Platz, und vergräbt ihr tränennasses Gesicht in dem klammen Kopfkissen. Sie ist allein mit ihrer neu erwachten, animalischen Begierde.

2

»Jean, vergiß dein Sonnenöl nicht.«

»Und was ist mit dir? Du kannst dich wohl immer noch nicht entschließen, auch davon zu nehmen.«

»Nein, ich werde auch ohne Sonnenöl braun und ohne mich in die pralle Sonne zu legen.«

Marie streckte ein Bein aus und zeigte Jean ihre mattbraune Haut, auf der Steine und Brombeerranken kleine dunkle Kratzer hinterlassen hatten.

»Bleibst du hier im Garten? Ich habe Lust, ein wenig fotografieren zu gehen.«

Marie war schon auf dem Sprung, doch sie kam noch einmal zurück und sagte: »Aber wirklich, Jean, du mußt dich gut einreiben. Du hast so empfindliche Haut ... ich kann dir den Rücken einreiben.«

Während Marie das Öl auf Jeans Rücken verteilte, trat ein zärtlicher Blick in ihre Augen.

»So, nun kann dir nichts mehr passieren! Jetzt kannst du dich in die pralle Sonne legen!«

Sie lachte und wischte ihre Hand am Gras einer Rabatte ab.

Marie ist weit gelaufen. Sie ist der Straße gefolgt, die wie immer weiß, ausgetrocknet und schattenlos war.

Sie hat einige Wege ausprobiert, die immer in Olivenfeldern endeten, und ist schließlich wieder zum Hafen zurückgekehrt. Sie hat sich aufmerksam umgesehen und ist dann wieder zur Straße zurückgegangen, um einen anderen Weg einzuschlagen, der von einem niedrigen Mäuerchen gesäumt war. Dieser Weg endete nach einer Weile am Strand und gab den Blick auf eine winzig kleine Insel frei.

Hier kann sie jetzt bleiben, denn er ist da. Wenige Meter von ihr entfernt sitzt er auf einem kleinen Felsenhügel.

Das leichte Zittern, das sein Anblick in ihr auslöst, hat sie schnell wieder unter Kontrolle und setzt ihren Weg fort.

Sie geht an ihm vorbei und bleibt auf den Felsen stehen, den Fotoapparat in der Hand, das Objektiv auf die Insel gerichtet.

»Wenn Sie die Insel fotografieren wollen, sollten Sie ein paar Schritte zurückgehen. Da haben Sie einen besseren Blick.«

Unwillkürlich tritt Marie ein paar Schritte zurück, als sie diese Stimme hört; sie lebt nur noch in einem kleinen Teil ihres Körpers, dem Handgelenk, das von einer fremden Hand umfaßt wird. Aber gleich ist sie wieder frei. Sie hebt die Kamera vors Gesicht, stellt ein und drückt auf den Auslöser.

»Zeiss Ikon? So eine habe ich auch.«

»Ja, das sind gute Kameras.«

Er ist von den Felsen in den Sand gesprungen und

streckt die Hand aus, um Marie zu helfen. Sie aber hat schon Schwung genommen, in der Annahme, er wolle ein wenig zur Seite gehen, um ihr Platz zu machen. Doch er rührt sich nicht von der Stelle, fängt Marie auf und hält sie für einige Sekunden fest.

Sie setzen sich in den Sand. Sie könnten sich unterhalten; über die Hügel, die man in der Ferne zum Meer hin abfallen sieht, über eine weiße, von Zypressen umgebene Villa. Aber wozu? Sie wissen, daß es nichts zu sagen gibt. Sie nehmen die Stille hin, die zwischen ihnen herrscht, die Intensität, die Aufrichtigkeit dieses besonderen Schweigens. Sie wissen auch, daß sie in diesem Moment alles auf dieselbe Weise wahrnehmen, daß sie beide das rote Segel mit grausamer Schärfe aus dem Meer herausstechen sehen, als sei es ein Abbild dessen, was sie in sich spüren.

Sie gingen zum Weg zurück; er wies auf einen Pfad, den Marie noch nicht entdeckt hatte und sagte: »Das dürfte eine Abkürzung sein.«

»Aber sind Sie auch sicher, daß dieser Weg zum Dorf führt?«

Er zuckte leicht mit den Schultern.

»Haben Sie was für Abenteuer übrig?«

Marie lächelte und bog vor ihm in den Weg ein.

Sie ging schnell und ohne Rücksicht auf ihre nackten Füße in den Sandalen, die sie sich an den spitzen Steinen auf dem Weg aufschürfte. Ihr Gang war erhaben und federnd, sie beschleunigte den Schritt trotz der Hitze und obgleich der Weg immer steiniger und steiler wurde. Er ging dicht hinter ihr. Obwohl sie mit gleichbleibendem festen Schritt über die Steine schritt, streckte er den Arm aus, um ihr zu helfen, und faßte sie leicht am Ellbogen. Sie wußten nicht, wie lange der Anstieg noch dauern würde, die Schatten waren kurz, sie waren schweißgebadet. Als sie schließlich beide völlig erschöpft nach Luft rangen, sagte er: »Sie gehen ziemlich schnell ... können wir nicht einen Moment Pause machen?«

Doch Marie machte keine Anstalten, das Höllentempo zu drosseln, und tat so, als hätte sie nicht gehört, was er sagte. Aber er streckte seine Arme aus, hielt sie an den Ellbogen fest, schob sie an den rechten Wegrand und zwang sie, sich im Schatten einiger Olivenbäume niederzulassen.

Marie fühlt seinen Körper dicht neben ihrem, beinahe auf ihr, während ihr Blick sich in dem Gewirr der Äste verliert, das sich vor dem Himmel abzeichnet. Seine starken, entschlossenen Hände entblößen ihre Schultern, ihre Brust, streicheln die von der Hitze feuchte Haut.

»Ist dir so heiß?«

Marie wehrt sich, kämpft; mit einer einfachen Bewegung ihrer langen, sehnigen Schenkel stößt sie seinen Körper von sich, doch er nähert sich erneut, zieht sich zurück, versucht es noch einmal, bis er es schließlich schafft, bewegungslos auf Marie zu liegen, die immer noch viel zuviel anhat.

»Was ist denn? Hast du Angst?«

»Wovor sollte ich Angst haben?«

»Ich weiß nicht, vor nichts.«

Marie antwortet leise, mit erstickter Stimme, die wie ein herzzerreißendes Stöhnen klingt: »Vor nichts ... ja, vielleicht vor gar nichts ... bitte, laß mich ...«

Sie hat die süße Last seines Körpers wieder weggestoßen und bleibt nach diesem Sieg reglos liegen. Doch hinter ihren geschlossenen Lidern hat sich ein anderer Kampf abgespielt. Allmählich verblassen die Bilder: Das vertraute, geliebte, ein wenig angestrengte Gesicht erscheint immer wieder in ihren Erinnerungen an sechs lange Jahre.

Langsam gehen sie Seite an Seite zum Weg zurück, schwer lastet auf ihnen die Bürde ihrer vereitelten Leidenschaft.

Er fragt: »Wann reisen Sie ab?«

»In ein paar Tagen.«

»Und dann geht's wieder zurück nach Paris?«

»Ja, und Sie?«

Er holt ein Päckchen Zigaretten heraus, bietet Marie eine an und bedient sich selbst. Dann reißt er ein Stückchen von der Zigarettenschachtel ab, um ein Wort und einige Zahlen daraufzuschreiben.

»Hier, ich verlasse Sie jetzt.«

Marie läßt ihn gehen, kehrt selbst nochmals um und lehnt sich an die niedrige Mauer, die den Weg säumt. Sie fühlt sich einsam und zwischen zwei zerbrochenen

Welten hin und her gerissen. Dann schließt sie ihre glühende Hand fest um das Stückchen Papier mit der Telefonnummer: Wagram, 17-42.

— 3 —

Ein Wohnzimmer, ein Arbeitszimmer, ein Schlafzimmer und eine Küche. Ihre kleine Welt aus Holz, Metall, Glas, Stoff nimmt sie bereitwillig wieder auf und spinnt sie mit jedem Schritt mehr in das vertraute Netz alltäglicher Gewohnheiten ein.

Marie atmet die abgestandene Luft der über einen Monat lang unbewohnten Räume ein. Sie berührt alle ihre Küchenutensilien, als würde sie ihre Formen neu entdecken. Die Kaffeekanne und die Töpfe haben wieder diesen metallischen Geruch angenommen, den längere Zeit unbenutzte Gegenstände an sich haben.

»Jean, hast du Lust, heute abend essen zu gehen?«

»Ach nein, das haben wir jetzt die ganze Zeit gemacht!«

Das stimmt. Jean scheint glücklich darüber, wieder zu Hause zu sein und, kaum hat er die Koffer abgestellt, das Paket mit Drucksachen und Prospekten aus dem überfüllten Briefkasten zu ziehen. Und es wird ihr sowieso nicht erspart bleiben, das Küchengeschirr abzuwaschen, ob sie es nun heute tut oder morgen. Soll sie auf die Putzfrau warten? Nein, das Mädchen kommt nur zwei Vormittage in der Woche. Sie kann ihr nicht die ganze Hausarbeit überlassen. Also, an die Arbeit.

Am nächsten Morgen ging Jean ins Büro. Marie packte die Koffer aus, räumte sie weg und begann, Ordnung zu machen.

»Germaine, Sie brauchen die Wäsche nicht ins Schlafzimmer zu bringen. Monsieur ist es lieber, wenn sie im Badezimmer bleibt.«

»Ach ja, das ist wahr, Madame.«

»Monsieur ist es lieber ... Ja, Madame.« Eine Frau, ein Mann, ein Haushalt, eine Germaine. Unterbrochene und wiederaufgenommene Alltäglichkeit. Auf einmal schien ihr das alles so fremd. Marie hielt mitten in der Bewegung inne und lehnte sich an das Möbelstück, das sie gerade abstaubte. Sie ließ ihren Gedanken freien Lauf; als sie jedoch spürte, daß sie begann, in ein tiefes Loch zu stürzen, ging sie in die Küche und machte sich daran, das Abendessen vorzubereiten.

Später kam sie ins Wohnzimmer zurück, legte eine bunte Stofftischdecke auf den Tisch, arrangierte Blumen in einer Vase und inspizierte jeden Winkel des Zimmers. Jean würde bald heimkommen. Marie malte sich aus, wie sie gemeinsam zu Mittag essen würden, in einer trauten Zweisamkeit, über die Marie wachte und für die sie sich verantwortlich fühlte. Sie hegte und pflegte diese Beziehung seit Jahren, und jetzt ...

Das Leben ging weiter, langsam und unschlüssig.

Dann war wieder Donnerstag, der Tag, an dem ihr

Schüler kam. Marie machte dieser Unterricht Spaß, außerdem konnte sie dadurch zum Haushaltsgeld beitragen.

Sie führt das Kind herein, einen trägen Jungen von fünfzehn Jahren, der durch die Nachhilfestunden wieder den Anschluß an seine Klasse finden soll.

»Wo waren wir stehengeblieben?«

»Bei Vers dreißig.«

»Gut, dann bitte weiter.«

Er spricht mit einer etwas krächzenden, noch unausgebildeten Stimme, die sich manchmal zu einer tiefen, männlichen Tonlage senkt, doch plötzlich wieder nach oben ausreißt und kindlich wird. Marie lauscht dieser Stimme »im Umbruch«:

»Einzig ... *Arcades*, die Arkadier ... *cantare periti*, haben das Geschick zu singen. *O mihi tum quam molliter ossa quiescant* ...«

Marie liest den Text in dem Buch mit, das sie selbst als Schülerin benutzt hatte. Beim Umblättern entdeckt sie auf dem Rand eine Bleistiftanmerkung, in einer etwas kindlichen, kaum mehr leserlichen Schrift. Sie beugt sich tiefer über das Buch und entziffert den Satz: »Die Aufrichtigkeit meiner Freude, Nathanael, ist mir der wichtigste Leitstern.« Dies steht natürlich neben dem 38. Vers! Sie lächelt und sieht sich als Mädchen im Schottenkleid, das rötliche Haar im Nakken mit einem schwarzen Band zusammengebunden. Sie erinnert sich auch an die Marie im grauen Kostüm, die mit leuchtenden Augen einen Hörsaal der Sorbonne verläßt und nach einem Blick auf ihre Armbanduhr in Richtung Centrale stürmt. Sie erinnert sich, wie verliebt sie in Jean war, der sie so kräftig umarmte, daß ihre zarten Knochen schmerzten ... Sie liebte ihn ... Und dann verblaßt diese Marie mehr und mehr, sie verschwindet und wird zu einer anderen. Sie beginnt die Augen vor der Welt zu verschließen. Ihr ganzes Universum sind jetzt diese beiden lebhaften, wachen Augen, diese blonden, borstigen Haare, die breiten Schultern und kräftigen Hände; dies allein ist ihr heilig. Marie verzehrt sich und leidet, sie baut auf, gestaltet, bewahrt.

»Mecum inter salices lenta sub vite jaceret.«

Die Stimme des Schülers verstummt plötzlich. Er hat bemerkt, daß Marie nicht bei der Sache ist, und betrachtet die Hände, Arme und Schultern der jungen Frau. Sein Blick bleibt auf ihrem Kleid liegen, an der Stelle, wo die Brüste sich unter dem Stoff abzeichnen. Marie fängt diesen Blick auf und bemüht sich gleich, wieder eine sachliche Atmosphäre zu schaffen: sie fordert den Schüler zum Übersetzen auf. Da sie aber den Text nicht mehr mitverfolgt hatte, greift sie die zuletzt gelesenen Worte auf, die sie noch im Ohr hat: »Also weiter! Was ist das Subjekt von *jaceret*?«

Verwirrt schweigt der Junge.

»Nun? Was liegt wohl unter der biegsamen Rebe?«

»Der Gegenstand meiner Liebe«, antwortet der Schüler errötend.

Auf dem Weg vom Jungen zum Mann fallen nach

und nach die Schleier und legen das Leben frei. Alle Wege stehen offen. Marie betrachtet gerührt dieses Kind. Am liebsten würde sie die Hand nach ihm ausstrecken und ihm irgend etwas sagen; zum Beispiel: »Hüte dich vor deinem Herzen.«

Aber die heisere Stimme des Jungen fährt fort, einmal tief, dann wieder schrill: *»Serta mihi Phyllis legeret.«*

Als die Stunde um ist, gibt Marie ihm noch eine Hausaufgabe: »Diesen Aufsatz, den deine Klassenkameraden während deiner Abwesenheit schreiben mußten, den schreibst du bitte für mich. Bringe ihn am nächsten Donnerstag mit.«

»Ja«, antwortet der Junge widerstrebend. Diese Arbeit wird ihm die ganze nächste Woche verderben.

»Was war noch mal das Thema?«

Er murmelt den Satz mit einem so angewiderten Gesichtsausdruck, daß Marie lachen muß. Sie betrachtet die breiten Schultern, die schon die eines Mannes sind, das junge, blasse Gesicht, die tintenbeschmierten Finger, seine ungelenke Haltung, die ihn immer noch kindlich wirken läßt. Wieder sieht sie die Marie im Schottenkleid, und auf einmal ist sie ihr ganz nah.

»Sag mal, hast du denn überhaupt keine Lust, diesen Aufsatz zu schreiben?«

»Nein, gar keine«, antwortet der Junge geradeheraus.

»Und Vergil interessiert dich auch nicht?«

»Doch, Vergil interessiert mich schon.«

»Also gut, dann lassen wir diesen Aufsatz. Ich werde mir ein anderes Thema für dich überlegen ... Aber bis zum nächsten Mal übersetzt du die nächsten zwanzig Verse vom zehnten Gedicht der Bucolica.«

Der Schüler hat die Wohnung verlassen; Marie beugt sich ein wenig über das Treppengeländer und sieht ihm nach. Er hüpft hinunter, indem er bei jedem Schritt übermütig gegen die Stufen tritt, wie ein ausgelassenes Kind. Bald fällt seine Stimme in diesen Rhythmus mit ein, und er trällert: »Klopf, klopf ... wer ist da? Hier Moskau ... Kein Auf-sa-atz, nu-ur Vergil ... So was nenn ich Lehrerin! ... eine kla-asse Frau-au! Fra-au Fra-au ... Moskau, wie bitte? Most vom Pflaumenbaum.«

Marie geht laut lachend in die Wohnung zurück. Sie lacht über das sonderbare Lied, die Freude des Kindes, über das *jaceret*, sich selbst – einfach über alles.

Als sie ins Wohnzimmer zurückkommt, klingelt das Telefon. Sie nimmt ab, hört zu, antwortet, und als sie den Hörer auflegt, ist ihr die Freude verdorben: Jean wird heute nicht zum Abendessen nach Hause kommen. Vor ihr liegt ein trauriger, unerfreulicher Abend. Sie wird müde und angespannt in ihrem Sessel kauern und warten, daß er endlich nach Hause kommt. Oft weint sie an solchen Abenden, weil Jean ihr fehlt, weil er nicht bei ihr ist, sie sein Gesicht nicht ansehen und die Wärme seines Körpers nicht mit ihren Händen spüren kann. Sie weint auch manchmal, wenn

Jean einen ganzen Abend mit irgendeiner koketten, eitlen Simone oder Alice verbringt. Es sind die bitteren Tränen einer erschöpften Frau, die sich langsam von einem Symbol aufzehren läßt.

Ein langer, einsamer Abend liegt vor ihr. Dabei ist sie doch eigentlich gerne allein, warum also ist sie darüber so traurig? Sie wird in der Küche zu Abend essen, die Füße auf den Küchenhocker gestützt, die Knie bis zum Kinn hochgezogen. Ein einziger Teller genügt, ein Stück Brot, von dem sie sich wie die Bauarbeiter am Straßenrand kleine Brocken abschneidet. Sie wird sich einen heißen Kaffee kochen und lange lesen, ohne daß irgend etwas sie von ihrem Buch ablenkt. Sie wird den wunderschönen langen Abend ganz für sich allein genießen.

Sie schaut sich in der Wohnung um, in Jeans und Maries Wohnung, läßt ihren Blick über die Möbel und ihre persönlichen Sachen schweifen. Alles scheint ihr auf einmal fremd; haben sich denn die Dinge verändert? Nein. Die Möbel und ihre Sachen sind ihr nicht weniger vertraut und wertvoll als früher, sie haben eine Ausstrahlung, die nur ein Herz ihnen geben kann, und Maries Liebe ist unverändert das, was sie immer war. Weder die Dinge noch ihre Gefühle haben sich geändert. Doch jetzt stehen sie einander gegenüber.

Marie stützt die Stirn in ihre Hände und schließt die Augen. Es war so heiß. Wie schön der Berg war und der Geruch der Minze, als ihre Körper sie zusammendrückten. Die leidenschaftliche Sehnsucht, die sie empfand, war stark, beglückend und wohltuend.

Marie hatte ihre Hausarbeit unterbrochen, als ihr Schüler kam. Jetzt füllte sie das Spülbecken mit heißem Wasser und machte sich an den Abwasch.

Noch vor wenigen Tagen saß eine junge Frau im Leinenkleid auf einem sonnigen Strand. Heute taucht sie ihre immer noch gebräunten Hände in das Abwaschwasser, holt Kohlen aus dem Keller, bohnert das Parkett, putzt Gemüse. Marie denkt an die anderen Frauen, die sie kennt, und lächelt, als sie sich vorstellt, wie erstaunt sie wohl wären, wenn sie sie jetzt sehen könnten. Was dachten diese Frauen eigentlich von ihr? Warum empfindet sie sich als anders, und warum ist es ihr nie wirklich gelungen, sich mit ihnen anzufreunden? Vielleicht haben sie es in ihrer Welt einfacher als sie, denn ihr Leben dreht sich vor allem um das Aussuchen der passenden Tapeten oder Sofadecken, um ihr luxuriöses Heim, Dienstmädchen, perfekt organisierte Einladungen, Nachmittagstees mit Freundinnen, bei denen man ein wenig über die neuesten Bücher plaudert. Wenn sie ein Kind haben, lieben sie es nicht wie einen Teil ihrer selbst, sondern weil es ihrem Leben endlich ein Ziel gibt. Sie wirken glücklich, oder, wenn sie es nicht sind, sprechen sie zumindest vom Glück wie von einem Gegenstand mit einer exakt beschreibbaren Form, wie von etwas, das sich nie abnutzt und das man nur hervorzuholen und in der Wohnung aufzuhängen braucht wie einen Mistelzweig.

Wenn Marie ein Kind hätte, würde sie es mit ihrem ganzen Leib und ihrer ganzen Seele lieben, doch sie ist weder traurig noch glücklich darüber, daß sie keines hat. Sie sehnt sich nicht nach einem Kind, wie man nach einem Ideal strebt, sie liebt weder den Luxus noch Einladungen, sie hat kaum Freundinnen und sucht auch nicht gerne Tapeten aus – und sie glaubt auch nicht an das Glück. Bedeutet das, daß sie nichts liebt, keine Erwartungen hat?

Sie hat ihre Hausarbeit getan, aber sie trödelt noch ein wenig in der Küche herum, bevor sie in ein anderes Zimmer geht, um sich bei einem Buch auszuruhen. Sie setzt sich an den Küchentisch, stützt den Kopf in die Hände und lauscht dem Geräusch ihres Blutes, den lebhaften, kräftigen, raschen Schlägen, die in ihren Schläfen pochen. Sie kann sogar, wenn sie die Arme ausstreckt, durch dieses Gefühl in den Schläfen ihren Pulsschlag beeinflussen. Diese dumpfen, rhythmischen Stöße werden von einem merkwürdigen anderen Geräusch begleitet, das wie ein Echo oder ein Brummen klingt. Sie vergleicht es mit dem zarten, weichen Geräusch von Insektenflügeln.

Wie war sie eigentlich als Mädchen? Sehr hoch aufgeschossen, schlank, mit rotblondem Haar, das im Nacken zu einem weichen Knoten eingerollt und von einem schwarzen Band zusammengehalten war, mit zwei wohlgeformten Brüsten, die sich unter dem Stoff ihres Kleides abzeichneten. So war sie mit sechzehn oder siebzehn Jahren, ein schönes, sanftes Mädchen, dessen ganzes Wesen Gesundheit und Freude ausstrahlte. Das Leben war wie ein Rausch, und das Herz floß ihr über.

»Marie, bist du da? Wenn sie doch immer bei mir sein könnte. Sie ist da, ist mir ganz nah. Ich kann ihren Herzschlag hören. Sie läßt mich nicht mehr los, es ist, als warte sie nur darauf, zu neuem Leben zu erwachen.«

Wenn ihre Freundinnen jetzt hier wären und sie fragen würden: »Marie, woran denkst du gerade?« könnte sie ihnen wohl kaum antworten: »Ich vergleiche das Rauschen meines Blutes mit dem Geräusch von Insektenflügeln.« Sie würde wahrscheinlich nur lächeln und sagen: »Ach, laßt mich ... ich döse nur ein wenig.« Sie würde träge und gleichgültig wirken. Dann würde sie sich abwenden und wieder dem unermüdlichen Pochen ihres Blutes lauschen.

Stimmt es denn, daß Marie nichts liebt, nichts erwartet?

Maries Herz vergeht vor Liebe. Und Marie erwartet Marie.

4

»Madame, fährt Monsieur diesen Monat nicht nach Maubeuge?«

»Doch, Germaine, wie immer.«

»Könnten wir nicht die Zeit nutzen, um in den Schränken einmal Ordnung zu machen? Sie könnten sie ausräumen, ich würde sie auswaschen und neues Schrankpapier hineinlegen.«

»Ach nein, Germaine, nein. Lassen wir doch die Schränke.«

Marie packte wie immer Jeans Koffer und stand früh auf, um das Frühstück für ihn zu machen. Und wie immer weinte sie beim Abschied an seiner Schulter, weil sie nun drei lange Tage getrennt sein würden. Sie ging mit ihm die Treppe hinunter und begleitete ihn zum Taxi, das schon auf ihn wartete.

»Auf Wiedersehen, Liebes.«

»Auf Wiedersehen, Jean, bis übermorgen. Ich werde dich am Bahnhof abholen.«

Mit hängenden Schultern und gesenktem Kopf geht sie in die Wohnung zurück. Der Ausdruck auf ihrem Gesicht könnte ebenso Kummer wie Tapferkeit bedeuten.

Sie steht auf und geht ins Schlafzimmer. Als sie kurze Zeit später wieder herauskommt, trägt sie ein Herbstkostüm und ist dezent geschminkt. Ihre weichen Locken quellen unter einer Baskenmütze hervor.

Im Herbst ist Paris besonders schön. Marie liebte die Straßen, die Plätze und Häuser zu dieser Jahreszeit noch mehr als sonst. Ein eigentümlicher Zauber lag über der ganzen Stadt. Sie ging zu Fuß, suchte instinktiv die Orte auf, die sie kaum kannte. Sie verzichtete auf das Mittagessen, erst gegen vier Uhr, als sie ein wenig hungrig wurde, setzte sie sich in ein Straßencafé und bestellte einen Kaffee und eine Brioche.

Hin und wieder rief ein Zeitungsverkäufer *»Paris-Soir«*. Sollte sie eine Zeitung kaufen? Um zu lesen, daß irgendein regionaler Konflikt sich über ganz Europa auszubreiten drohte, anschließend stundenlang vor Angst wie betäubt zu sein, um am nächsten Morgen zu erfahren, daß nach Ansicht der *Times* die internationale Situation wesentlich stabiler sei als noch vor einigen Monaten, und dann am Abend wieder in Angst zu versinken, weil irgendein deutsches Schiff... Und so verstreicht das Leben und rinnt einem zwischen den Fingern hindurch. Kämpfe im Süden, Streitigkeiten im Osten, irgendwann wird auch hier gekämpft werden. Man setzt all seine Hoffnungen auf Rußland und stellt dann enttäuscht fest, daß auch dort der Konformismus herrscht. Ganze Völker verfallen dem Faschismus, Menschen bekriegen sich, Tausende von

Arbeitslosen verhungern. Und was folgt daraus? Mitleid, Mitleid mit den Leidtragenden? Marie spürt einen wilden Egoismus in sich aufsteigen, der sie wachsen läßt. Sie denkt: Die Gesellschaft ist mir gleichgültig, mich interessiert nur der einzelne. Und schließlich ist jeder für sein eigenes Leben verantwortlich.

Jetzt ist sie wieder hungrig. Sie bestellt ein belegtes Brötchen, hält es mit der ganzen Hand fest und beißt mit Appetit hinein. Niemand sieht sie an, niemand kümmert sich um sie, sie ist glücklich. Inmitten des lebendigen Treibens der Großstadt mit all ihren Geräuschen fühlt sie sich allein, wunderbar allein. Ein Blumenverkäufer geht vorbei und streckt Marie ein Sträußchen hin. O nein, keine Veilchen!

Lange bleibt sie so sitzen. Um sie herum wird es langsam dunkel, die Lichter gehen allmählich an, werfen ihre Neonstreifen aus. Marie betrachtet ihre Hände, ihre Arme, ihre unter dem Rock übereinandergeschlagenen Beine. Sie fühlt sich jung, gesund, stark, ihr lebendiges, leidenschaftliches Blut pocht in ihren Schläfen. Wie das Geräusch von Insektenflügeln.

Sie steht auf, geht in das Café hinein und bittet die Kassiererin um eine Telefonmünze.

»Das Telefon ist am Ende des Gangs, Mademoiselle.«

»Mademoiselle!« Marie lächelt und schließt die Tür der Kabine hinter sich. WAG eins, sieben, vier, zwei...

Sie ging wieder zu ihrem Tisch zurück, bezahlte und machte einen ziellosen Spaziergang auf den Boulevards. An diesem milden Septemberabend lag Freude in der Luft. Sie verzichtete auf das Abendessen, ging später nochmals in ein Café, wo sie am Tresen einen Kaffee trank und den Männern zuhörte, die sich neben ihr unterhielten. Sie bestellte noch einen Kaffee, sah auf die Uhr und brachte ihre Frisur in Ordnung.

Draußen orientierte sie sich erst einmal, bevor sie sich wieder auf den Weg machte. Dann ging sie langsam, mit sicherem Schritt und hoch erhobenem Kopf davon.

Schon von weitem sah sie das Café, das direkt an einer Straßenecke lag, und vergewisserte sich, daß es auch das richtige Schild trug. Sie ging hinein, sah ihn sofort, trat auf ihn zu und streckte ihm die Hand entgegen. Es waren sein Gesicht, seine Augen, seine Schultern: die Wirklichkeit stimmte genau mit ihrer Erinnerung überein.

Ein Kellner kam an ihren Tisch und wartete auf Maries Entscheidung.

»Ein Perrier«, sagte Marie, die sonst nie Wasser bestellte.

War sie aufgeregt, verlor sie ihren kühlen Kopf, war es nur Schüchternheit? Es gab ganz einfach Dinge, die wichtig, und andere, die unwichtig waren. Und in diesem Moment war es ihr ziemlich gleichgültig, ob man ihr Tee, Wasser oder Wermut servierte. Sie schob das Glas beiseite und rührte es nicht mehr an. Bis jetzt hatten sie noch kein Wort miteinander gesprochen. Schließlich sagte sie ganz einfach: »Ich hätte auch darauf warten können, daß wir uns durch Zufall über den Weg laufen, aber wenn ich schon an Wunder glaube, möchte ich meinen Teil dazu beitragen.«

»Ich habe auf Ihren Anruf gewartet...«

Sie zündete sich ihre Zigarette selbst an, ohne ihn um Feuer zu bitten. Sie sah lange auf seine Hand, die er auf den Tisch gelegt hatte. Sie dachte an nichts. Sie hörte, roch, sah einfach nur. Sie nahm das kleinste Geräusch um sich herum wahr, roch den zartesten Geruch in der Luft, ihr Blick schweifte scheinbar ziellos im Raum umher, doch er kehrte immer wieder zu ihrem Gegenüber zurück. Diesem jungen Gesicht galt ihr eigentliches Interesse.

Er stand auf und trat zurück, um Marie vorbeizulassen.

»Möchten Sie zu Fuß gehen, oder sollen wir lieber ein Taxi nehmen?«

»Gehen wir lieber zu Fuß«, sagte sie.

In den dunklen Straßen begegneten sie kaum anderen Leuten. Sie sprachen kein Wort. Worte hätten die Wirklichkeit verschleiert, hätten zu einem »Geständnis« gezwungen. Sie waren stark genug, der Wirklichkeit ins Auge zu sehen, und ihre Begierde war stark genug, um diese Offenheit auszuhalten. Sie genossen es, sich in dieser schweigenden Übereinkunft auf ihr Ziel zuzubewegen. Es war eine schöne Nacht, Freude lag in der Luft, und dieser Freude gingen sie entgegen.

Vor einer geöffneten Tür mit erleuchtetem Flur blieb er stehen, berührte Marie leicht an der Schulter und sagte: »Hier hinein.«

In dem engen Aufzug war gerade Platz für zwei Menschen, die sich gegenüberstanden. Junge Mädchen in gestärkten Schürzen mit Organdyschleifen im Haar, karmesinroten Lippen und verschlossenen Gesichtern schwebten fast körperlos über die Flure, diskret bemüht, die Anonymität, das Geheimnis der Liebenden zu wahren. Mit der Würde von Vestalinnen falteten sie die Steppdecken. Gedämpfte Geräusche, mit leiser Stimme gemurmelte Anweisungen, geheimnisvoll klingende Wörter, geräuschlos geschlossene Türen: der Ort hatte etwas vom friedlichen Schutz eines Tempels und zugleich vom rührenden Charme einer Pension.

Marie hielt die Luft an und verharrte reglos. Er zog ihren Kopf zu sich heran, und so blieben sie einen Moment lang stehen, gleichsam andächtig. Er hob sie hoch, trug sie zum Bett und zog sie langsam aus, wie ein kleines Mädchen. Sie ließ es geschehen und half ihm nur, indem sie die Arme, das eine Knie und dann das andere hob. Bald sah sie nur noch seine Augen dicht vor ihren eigenen. Und Marie weinte vor Glück – ihr Glück war so groß, daß sie es kaum ertragen konnte.

Vollkommen nackt steht Marie noch einmal auf und zieht die Samtvorhänge zu. Da die Vorhänge nicht zusammenhalten, streckt sie ihre Hand zum Kaminsims aus und tastet nach ihrer Brosche, mit der sie die beiden Stoffenden zusammensteckt. Es soll bei diesem Kampf mit der Natur, dem Marie sich ganz ohne Scham hingibt, keine Zeugen geben. Wird sie als Siegerin oder als Besiegte daraus hervorgehen? Sie legt sich wieder neben den Mann, der sie erwartet. Er ist nicht eingeschlafen. Frau, möge deine Freude andauern.

Zärtliche Momente, in denen Marie bewundernd sein Gesicht betrachtet, seine Stirn, seine Augen, die zugleich strahlend und sanft sind, viel zu schöne Augen, bei deren Anblick Marie nicht ruhig bleiben kann. Schlanke, gebräunte Schultern, lange, sehnige Arme, zarte Handgelenke, schmale, kindliche Hände. Er ist fast noch ein Junge – und dieser große Körper, dessen schneller Herzschlag Marie rührt und mit Stolz erfüllt. Marie spielt mit einer Strähne seines weichen schwarzen Haars, legt sie über das Gesicht, läßt sie wieder los und lacht, weil sie sich von selbst wieder einkringelt, wie eine kleine elastische Schlange. Sie liebkost seine kurzen Locken, streichelt sie, breitet sie wie einen Fächer über das Kopfkissen aus oder zieht sie wie einen Vorhang vor ihr Gesicht, bis sie fast nichts mehr sieht.

»Durch deine Haare kann ich das ganze Universum sehen.« Und dann liebkost er sie, streichelt ihre Schultern, ihre Arme und ihre Hüften, entdeckt lauter reizvolle Eigenheiten an ihr und sagt mit einem Blick auf ihr Haar: »Du hast wunderschöne Haare.«

Und Marie verzieht den Mund wie ein schüchternes kleines Mädchen: »Aber nicht doch – du bist der Schöne von uns beiden.«

Er zieht die Augenbrauen hoch und sagt mit einem Gesichtsausdruck, als sei dies sein sicheres Verderben: »Ich liebe diese Haarfarbe.«

Dann sieht Marie, wie sich sein Gesicht verändert und auch seine Bewegungen. Sie spürt, wie zwischen ihnen wieder diese unstillbare Begierde erwacht.

Im Morgenlicht ist das Licht der Lampen im Zimmer längst verblaßt, ohne daß einer von ihnen ein Auge zugetan hätte. Erst als die milde Herbstsonne die Fenster erleuchtet, fallen sie eng umschlungen in einen sanften Schlummer.

Marie wachte als erste auf. Er hatte sich während des Schlafes nicht bewegt. Beim Aufwachen lag sie immer noch in diesen Armen, die verläßlich ihre Pflicht erfüllten. Daß sie noch immer Körper an Körper lagen, Maries Kopf in der Mulde seiner männlichen Schulter, genau dort, wo er ihn hingelegt hatte, war für sie wie ein Wunder. Ihre Freude hielt noch immer an.

Ohne sich aus seiner Umarmung zu lösen, hob Marie ein wenig den Kopf, um ihn anzusehen. Frauen betrachten gerne einen schlafenden Mann, weil sie dann ihrer Zärtlichkeit freien Lauf lassen können.

Er öffnete die Augen, schloß seine Arme um Maries Schultern und sagte zärtlich: »Du bist da.«

Sie hatte ihren Kopf wieder an ihn geschmiegt, und

so blieben sie eine Weile liegen, ohne sich zu bewegen. Die Lampen im Zimmer brannten noch immer, doch ihr schwaches Licht war jetzt kaum mehr zu sehen. Die lebhaften Geräusche der Großstadt drangen nur vereinzelt in diese ruhige Straße. In ihnen und um sie herum herrschte eine friedliche Stille.

Nachdem sie das Gebäude verlassen hatten, gingen sie stumm nebeneinanderher. Es war seltsam, einander plötzlich nicht mehr nahe zu sein, aber zu wissen, daß sie dieselben Gedanken hatten.

»Soll ich Sie zur Métro oder zum Bus bringen?«

»Ach, ich gehe ganz gerne allein.«

An der nächsten Kreuzung gaben sie einander die Hand. Es wirkte fast brutal, wie sie sich ohne weitere Umstände trennten.

— 5 —

Marie ging nicht gleich nach Hause. Sie ließ sich noch ein wenig durch die Straßen von Paris treiben. Ihr Kopf und ihr Herz waren leer. Sie lebte nur im Augenblick, dachte an nichts anderes als an das, was sie auf den Straßen und Boulevards wahrnahm. Auf dem Faubourg du Temple gießt sich ein Mann Petroleum in den Mund, zündet ein Streichholz an und spuckt riesige Flammen aus. Einige Schritte weiter singt ein Pärchen im Duett ein unendlich trauriges, nostalgisches Lied. Ein Mann in einem abgetragenen Trenchcoat mit Baskenmütze auf dem Kopf geht an ihr vorbei. Er schiebt einen Kinderwagen, in dem ein Kind schläft. An seiner Seite gehen noch zwei Kinder, jedes hält sich an einem seiner Arme fest. Marie geht lange hinter ihm her. Dann setzt sie sich auf einen kleinen Platz und unterhält sich mit drei Mädchen, die Ball spielen. Vor der Oper lehnt sie sich gegen die Balustrade, die den Métroausgang umgibt, und schaut einem hübschen Dragoner nach, der vorüberreitet. Sie geht die Stufen hinunter, steigt in einen Zug und verläßt ihn wieder an einer Station, deren Name ihr gefällt.

Die Zeit verging schnell. Hinter den Fensterscheiben der Lokale sah sie Leute, die sich zum Abendessen an die Tische setzten. Marie betrat eines der Lokale. Es war das erste Mal, daß sie abends allein in einem Restaurant aß. Sie bestellte ein Menü und roten Burgunder. Ihre Wangen bekamen Farbe, eine angenehme Wärme breitete sich in ihr aus. Sie lächelte versonnen. Das Herz ging ihr auf, als sie die vergangene Nacht noch einmal in Gedanken durchlebte. Mit großer Zärtlichkeit dachte sie daran, wie er sie in seinen Armen gehalten hatte. Vor allem ein bestimmter Moment, ein Moment, der für sie vollkommen war, blieb ihr in allen Einzelheiten in Erinnerung: der Augenblick, als er, noch ganz aufgewühlt, seinen Kopf auf sie herabsinken ließ. Da hatte Marie ihn fest in die Arme geschlossen und mit leiser, kaum hörbarer Stimme geflüstert, so als sagte sie etwas Schreckliches, Verbotenes, das sich aus eigener Kraft seinen Weg zwischen den Lippen bahnt: »Ich liebe dich.« Sie wußte nicht, ob er es gehört hatte. Sie erinnerte sich an die Wärme seines jungen Körpers, sah seine liebevollen Augen ganz nah vor den ihren. Eine ihrer Hände lag bewegungslos auf ihrem Rock, die andere auf dem Tischtuch, dennoch schien es ihr, als genügte es, die Hände ein wenig auszustrecken, um die weiche, klare Form seiner zarten Schultern zu spüren. Während sie sich diesen Erinnerungen hingab, betrat sie auf einmal eine ganz neue Welt.

Sie verharrte regungslos, ihre Augen blickten ins Leere. Jetzt sah sie ihn vor sich, kurz bevor er das

Zimmer verlassen hatte. Er hatte etwas vom Ende der Ferien gesagt, von einer Universität in der Provinz, davon, daß er bald abreisen würde. Er hatte ihr eine andere Telefonnummer gegeben. Da hatte sie zögernd diesen Satz gesagt, der verriet, wie unangenehm es ihr war, daß die Zukunft auch jetzt wieder ganz allein in ihren Händen lag. Er hatte mit einem Schulterzucken geantwortet: »Ich bin wohl der unabhängigere von uns beiden.« Bevor sie das Zimmer verließen, hatte er Marie noch einmal an sich gezogen, um sie zu küssen, und hatte sie sanft an seine Brust gedrückt. Dann hatte er die Zimmertür geöffnet. »Gehen wir.« Es war, als würde hinter ihnen ein eiserner Vorhang zugezogen. Kurz darauf hatten sie sich dann so unpersönlich und abrupt an der Kreuzung der Rue de Châteaudun getrennt.

Und jetzt besaß sie wieder einen Namen mit vier Ziffern, den Namen einer Stadt, die fünfhundert Kilometer entfernt war. Sie hatte das Gefühl, er würde sehr bald abreisen, morgen oder sogar heute schon, vielleicht genau in diesem Moment. Sie sah einen Bahnsteig vor sich, winkende Hände, einen Zug, der sich langsam in Bewegung setzt. Es war noch gar nicht lange her, daß sie sich zärtlich von Jean verabschiedet hatte, dann der kurze, unvermittelte Abschied an der Rue de Châteaudun – von diesem Bild gefangen, blieb sie erstarrt sitzen. Ihr Schmerz hatte sich verdreifacht. Sich mehreren Lieben hinzugeben bedeutete auch, daß das Leiden größer wurde. Und möglicherweise auch die Einsamkeit. Schon morgen würde Jean wieder bei ihr sein. Und der junge Körper, mit dem sie in der vergangenen Nacht diese leidenschaftliche Liebe erlebt hatte? In dieser Liebe lag kein Versprechen für die Zukunft.

Ihr Hals schnürte sich zusammen. Sie konnte die Tränen nicht zurückhalten, die ihr plötzlich in die Augen schossen. Sie erhob sich, ging ins Freie und fand den Lärm, die Unruhe, die Farben der Straße wieder. Sie zögerte, sich diesem pulsierenden Leben allein auszusetzen. Sie fing an zu gehen, durchdrang den farbigen Nebel wie eine Schlafwandlerin und ging in dasselbe Lokal, in dem sie schon am Abend zuvor gewesen war. Die Kassiererin mit dem müden Lächeln hinter dem Tresen machte noch die gleichen Bewegungen. Marie trank wieder einen Kaffee, den sie auch diesmal zu bitter fand. Männer und Frauen kamen herein, tranken rasch ein Glas im Stehen und gingen dann wieder, um Platz für andere zu machen – neue Gesichter, in denen Marie ihre eigene Stimmung wiederfand, ein Gefühl der Einsamkeit und Verlassenheit. Sie wäre all diesen Männern und Frauen gerne gefolgt, ohne daß sie es bemerkten, um herauszufinden, ob ihre Freuden und Leiden einander ähnelten. Lange ging sie durch menschenleere Straßen, überquerte belebte Boulevards und bog wieder in dunkle Gassen ein. Ihr weit ausholender, federnder Schritt führte sie schließlich ohne weitere Umwege in ihre Wohnung zurück.

Sie ging sofort ins Schlafzimmer und legte sich, ohne den Wecker zu stellen, in das leere, kalte Bett.

In Gedanken sah sie einen Zug durch die Nacht fahren, der eine weit entfernte Landschaft durchquerte. Ein junger Mann streckte sich auf der hölzernen Sitzbank aus, glücklich darüber, daß seine Jugend einem unbekannten Leben entgegenrollte. Und sie sah einen anderen, etwas älteren Mann in seinem Hotelzimmer in einer Stadt im Norden. Er breitete entspannt beide Arme aus und genoß es, sein Bett ganz für sich allein zu haben.

Marie verspürte einen tiefen Schmerz, dem sie sich mit tränenleeren Augen stellte. Sie begriff, daß er zum Leben gehörte und in allen Dingen seinen Platz hatte. Sie bewegte ihre müden Glieder, streckte sich quer über das ganze Bett aus und empfand die Müdigkeit ihrer Lenden und ihrer Beine, die Schwere ihrer befriedigten Sinne als Wohltat.

Es war spät. Als Marie schließlich einschlief, fiel bereits das erste Morgenlicht ins Zimmer. Mit ihrem klaren Gesicht, ihrem großen Körper, der sich unter dem Laken abzeichnete, sah sie nicht aus wie eine Frau, die gerade noch mit einem Mann zusammen war. Sie erinnerte vielmehr an einen antiken Jüngling, der mit befriedigten Sinnen eingeschlafen ist und in dessen Träumen gewaltige Schlachten toben.

6

Der Gare du Nord ist ein düsterer, schmutziger, baufälliger Bahnhof. Die ankommenden Menschen tragen die Erinnerung an die trostlosen Landschaften in sich, die sie eben durchquert haben. In den Zügen der dritten Klasse zieht sich die Fahrt von der Grenze bis hierher unerträglich in die Länge. Von Zeit zu Zeit steigt eine Sportlermannschaft oder eine katholische Jugendgruppe aus einem solchen Zug; sie ziehen mit wehenden Fahnen durch den Bahnhof und grüßen Paris mit einer müden, schwerfälligen Version der belgischen Nationalhymne. Die Menschen, die an den Bahnsteigen auf einen abfahrenden oder ankommenden Zug warten, sprechen mit schwerfälligem flandrischem Akzent oder in schleppendem wallonischem Tonfall.

Der Zug aus Maubeuge hatte Verspätung. Marie hatte sich in die Bahnhofsgaststätte gesetzt, von wo aus sie die Gleise im Blick hatte. Sie sah eine rote Signalleuchte, die sich bewegte, aber es war ein anderer Zug. Sie stand auf und ging zur Anzeigentafel, auf der die Verspätungen bekanntgegeben wurden: mittlerweile waren es nochmals fünfzehn Minuten mehr. Sie wartete weiter. Ein Strom von Menschen drängte sich durch die Sperre. Marie war gleich nach vorne gelaufen.

»Jean, bist du nicht sehr müde? Komm, gib mir deinen Koffer.«

Sie ging dicht neben ihm und hakte sich bei ihm unter. Sie war so froh, daß er da war. Wie müde er aussah und wie tief die Falten auf seiner Stirn waren. Zuerst dachte sie, sein Gesicht sei schmutzig, bis sie erkannte, daß seine Bartstoppeln auf Kinn und Wangen so dunkel waren. Obwohl er sich jeden Tag rasierte, hatte er immer schwarze Schatten auf der Haut.

Im Bus standen Marie und Jean einander gegenüber.

»Wie hast du denn deine Abende verbracht, Liebste?«

Sie antwortete, was ihr gerade einfiel: »Ich habe gelesen, meinen Unterricht vorbereitet. Wie war das Wetter dort oben?«

»Regen, wie immer. Ist irgendwelche wichtige Post gekommen?«

»Nein, du wirst es dann schon sehen. Bist du zufrieden mit deiner Reise? Sind die Verkäufe gut?«

»Nicht besonders. Die Krise ist noch nicht vorbei. Eigentlich müßte ich jetzt ständig dort sein.«

Am Anfang ihrer Ehe hatte Jean, der bei einer Firma in seiner Heimatstadt Maubeuge als Ingenieur angestellt war, befürchtet, sie müßten aus Paris wegziehen, wo Marie sich so wohl fühlte und wo er selbst während seines Studiums fünf Jahre lang gelebt hatte. Doch dann hatte sein Arbeitgeber eine Niederlassung in Paris eröffnet. Jean konnte bleiben. Für die technische Seite seiner Arbeit hatte es genügt, hin und wieder für eine kurze Zeit nach Maubeuge zu fahren.

»Das verstehe ich nicht ganz«, sagte Marie. »Wenn die Verkäufe zurückgehen, warum ist dann deine Anwesenheit dort so wichtig?«

»Nun, es wird überlegt, die Pariser Büros zu schließen«, sagte er ruhig.

Marie schwieg. Sie erinnerte sich an die wenigen Tage, die Jean und sie einen Monat nach ihrer Hochzeit in Maubeuge verbracht hatten, an die Familienrunde, die enge, farblose Stadt, das große, düstere Haus hinter der Fabrik.

»Das wäre furchtbar«, dachte sie. Plötzlich sah sie auch, daß die Entfernung sich dadurch noch vergrößern würde: statt fünfhundert wären es siebenhundert Kilometer. »Das wäre furchtbar«, wiederholte sie laut.

»Aber selbst wenn es soweit kommen sollte, wäre das höchstens für einige Monate. Und wenn das für dich unerträglich wäre, könnte ich vielleicht auch allein dorthingehen, und du bleibst hier.«

»Auf gar keinen Fall«, antwortete sie, ohne zu zögern.

»Laß uns nicht mehr daran denken«, sagte er. »Es ist noch nichts entschieden.«

Als sie zu Hause ankamen, setzten sie sich gleich an den gedeckten Tisch. Marie hatte eine Suppe vorbereitet, die auf der Seite des Herdes vor sich hingeköchelt hatte und die sie jetzt auf den Tisch stellte. Sie freute sich, daß er ihre heiße Suppe aß und daß er jetzt mit ihr am Tisch saß, auf seinem Platz neben ihr.

»Ich bin so froh, daß du wieder da bist«, sagte sie. Sie blickte ihn an und bemerkte wieder den Bartschatten, die Falten auf der Stirn und kleinere Fältchen um die Augen herum.

»Hast du zuviel gearbeitet? Du siehst müde aus.«

»Ich sehe müde aus?«

Er stand auf und schaute in den Spiegel: »Na, ich sehe doch großartig aus!«

Er hatte recht: Er sah aus wie immer. Sein Gesicht wirkte weder müde noch alt; es war eben zweiunddreißig Jahre alt.

»Hast du deine Mutter gesehen?« fragte er.

»Nein, ich bin doch erst letzte Woche einen Nachmittag bei ihr gewesen.«

»Na, aber normalerweise läufst du doch alle zwei Tage zu ihr hin, aus Angst, ihr könnte etwas zugestoßen sein!«

»Ich wollte lieber allein sein.«

Ihre Stimme, ihre Gesten, die Art, wie sie ihren Kopf hielt, strahlten eine große Sicherheit aus. Jean fiel auf, wie strahlend ihr Blick und wie dunkel ihre Augen waren. Er fand sie schön.

»Und was ist mit Claude?« fragte er. »Sie müßte doch seit einigen Tagen aus dem Urlaub zurück sein?«

Claude. Ihre Schwester Claude. Das enge Verhältnis, das die beiden Frauen verband, war eher das von Freundinnen als von Schwestern. Zuletzt hatte sie ihr aus den Ferien geschrieben, drei Tage bevor sie ihn kennengelernt hatte. In den darauffolgenden Tagen hatte sie kaum mehr an sie gedacht. Seit drei Tagen hatte sie Claude völlig vergessen.

Claude war älter als Marie, aber sie war immer die kindlichere von beiden gewesen. Als Kind hatte Claude ihre Hefte mit Tinte und Schokolade verschmiert. Sie war kleiner als Marie, hatte feine Gesichtszüge und dünnes, mittelbraunes Haar. »Meine kleine Braunhaarige und meine große Rothaarige«, hatte ihre Mutter oft scherzhaft gesagt. Marie ärgerte sich immer ein wenig, wenn man ihre Haarfarbe so übertrieb.

Als Jugendliche mochte Claude dieselben Bücher wie Marie, zitierte dieselben Sätze, hatte dieselben Sehnsüchte, begeisterte sich für dasselbe und haßte dasselbe. Und Marie bewunderte Claude, sie war sicher, daß sie ein dramatisches, aufregendes Leben vor sich hatte. Sie wußte damals nicht, daß alles, was sie selbst so tief empfand, für Claude nur oberflächliche Leidenschaften waren, eine spielerische Nachahmung von Gefühlen. Claude konnte gut reden und verblüffte ihre Freundinnen; dabei war sie nur das Sprachrohr der schweigsamen, unergründlichen Marie, die sich niemand anderem anvertraute als ihrer Schwester. Marie glaubte, Claude sei der einzige Mensch, der sie verstehen könne – sie sprach mit ihr, ohne zu bemerken, daß sie sich nur mit ihrem eigenen Ebenbild unterhielt.

Claude hatte sich mit achtzehn dem erstbesten Studenten hingegeben, weil er der erste war, der ihr den Hof machte. Nach dem Besuch bei einem wohlwollenden Arzt hatte sie sich völlig außer sich in die Arme ihrer Schwester geflüchtet. Marie sieht noch das gemeinsame Mädchenzimmer vor sich, wie sie die Lampe verhängten, damit nicht auffiel, daß sie die ganze Nacht brannte, Claudes kindliches Entsetzen, das sie immer wieder beschwichtigen mußte. Etwas grob hielt Marie ihr die Hand vor den Mund, damit sie nicht nach ihrer Mutter rief, und sie versteckte auch die blutbefleckte Wäsche.

Claude hat diese Episode schnell wieder vergessen und fängt ihr leichtsinniges Spiel von vorne an, überläßt aus purer Trägheit wieder alles dem Zufall.

Claude weiß nicht, was Liebe ist. Sie hat weder ihre Freuden noch ihre Leiden erlebt, aber sie spricht darüber mit hochtrabenden, bedeutungsvollen Worten, die aus ihrem Munde leer und hohl klingen. Claude, die mit dreiundzwanzig einen vierzigjährigen Mann heiratet, weil »sowieso alles egal ist«, ihr »alles zum Halse heraushängt« und sie frei sein will. Aber was um Himmels willen will sie mit dieser Freiheit anfangen? »Alles ist egal, alles hängt ihr zum Halse heraus«: Marie verabscheut diese Worte. Gehörte Claude also zu der Gruppe Menschen, die diese Worte gebrauchten? War sie auch eine dieser Armseligen, Mutlosen, die alles sinnlos fanden? Marie leidet darunter. Wie gerne würde sie Claude helfen!

Claude reist viel, meistens ohne ihren Mann. Nächte ohne Liebe, ohne Freude und ohne Risiko: sie läßt es bei stürmischen Zärtlichkeiten, mit denen sie keine Verpflichtung eingeht. »Das macht es wesentlich einfacher«, meint sie. Sie erzählt Marie alles und weiß nicht, ob sie über ihr eigenes Verhalten lachen oder weinen soll. Als abschließende Erklärung deklamiert sie lachend und mit theatralischer Geste: »Ich habe Angst zu sterben, wenn ich allein schlafe.«

Marie bewunderte Claude schon lange nicht mehr, das änderte jedoch nichts daran, daß sie sie immer noch innig, fast schmerzlich liebte. Sie sprach nach wie vor sehr offen mit ihr und erzählte ihr alles, was sie erlebte. Dabei hatte sie eigentlich gar nicht das Bedürfnis nach solcher Vertraulichkeit. Sie tat es im Grunde um ihrer alten Liebe und Bewunderung willen, einer Liebe, die sie noch genauso stark empfand wie früher und die trotz allem, was geschehen war, nicht nachließ.

Doch ihre wunderbare neue Liebe, ihr strahlendes Geheimnis, möchte sie Claude auf keinen Fall preisgeben. Zum ersten Mal ist ihr Gefühl für Claude ihr unangenehm.

Marie hatte Jeans Frage nicht beantwortet. Das wunderte ihn jedoch nicht weiter; er wußte, daß Marie von Claude enttäuscht war, und weil sie gleichzeitig darunter litt, war es ihr oft lieber, nicht darüber zu reden.

Sie gingen ins Schlafzimmer. Marie hatte sich als

erste ins Bett gelegt und sah Jean beim Ausziehen zu. Sie stellte sich den leichten Schweißgeruch vor, der von seinem Körper ausging.

»Du solltest dich waschen nach dieser langen Bahnfahrt.«

»Mich waschen?« fragte er gekränkt. »Wie du meinst.«

Aber was Marie befürchtet hatte, geschah nicht. Jean schlief fast sofort ein, nachdem er sich ins Bett gelegt hatte. Dann legte sie, ohne ihn aufzuwecken, die Arme um ihn. Da war wieder seine Wärme, seine Brust, die sich gleichmäßig hob und senkte, die festen, runden Schultern. Sie bedauerte, auf seiner Haut nur den Duft von Wasser und Seife zu riechen. Sie hatte seinen eigenen Geruch gefürchtet, nicht etwa, weil er ihr unangenehm gewesen wäre, sondern weil es Jeans Geruch war. Und jetzt wünschte sie sich diesen Geruch, sie hätte ihn geliebt wie eine Mutter den Geruch ihres Kindes.

— 7 —

»Ja natürlich, Claude...« Marie war beinahe glücklich, als sie am nächsten Morgen bei dem Gedanken an ihre Schwester eine Gefühlsregung spürte. Sie empfand immer noch Zuneigung für Claude.

Es war der Tag, an dem Germaine kam. Sie würde ihr bis zum Mittag den Haushalt allein überlassen und ihre Schwester besuchen.

Sie klingelte und wartete eine ganze Weile, bis sie Pantoffeln auf die Wohnungstür zuschlurfen hörte. Dann stand Claude vor ihr. Trotz ihrer Urlaubsbräune wirkte sie dünner als sonst.

Claude war gerade erst aufgestanden und fröstelte. Sie beklagte sich, daß die Heizung im Haus noch nicht angestellt war. Sie wollte rasch auf dem Rost des Kamins ein Feuer machen und ging in die Küche, um Holz und eine Schaufel Kohlen zu holen.

Allerdings stellte sie sich dabei so ungeschickt an, ließ unterwegs Holzscheite fallen, verschüttete Kohlen und hatte keine Geduld zu warten, bis das Holz Feuer fing, daß sie das Feuer nicht zum Brennen brachte. Schließlich gab sie auf und setzte sich mit einem Seufzer hin.

»Ist dir denn wirklich so kalt?« fragte Marie.

»Ja, aber ich habe keine Lust, Feuer zu machen«, antwortete sie aufbrausend wie ein Kind.

»Du hast nur deshalb keine Lust, weil du es nicht kannst«, sagte Marie.

Sie breitete auf dem Boden eine Zeitung aus, schüttete hinein, was auf dem Rost lag, und fing noch einmal von vorne an. Sie dachte im stillen: »Eigentlich kann sie es deshalb nicht, weil sie keine Lust dazu hat.«

Und so war es auch: Claude stellte sich beim Feuermachen ungeschickt an, weil sie das Holz, die Kohlen und den Geruch des zündelnden Feuers verabscheute. Ähnlich verhielt es sich mit allen anderen Tätigkeiten dieser Art. Claude war zu ungeschickt, das Parkett zu bohnern, das Geschirr abzuwaschen oder zu putzen. Marie sagte sich, daß sie selbst kein besonderes Lob dafür verdiente, daß sie solche Aufgaben immer ordentlich erledigte, daß bei ihr die Kohlenschütten immer gefüllt waren und die Gegenstände in ihrem Haushalt glänzten. Es lag einfach daran, daß sie Spaß an diesen Arbeiten hatte. Sie liebte es, das Gewicht der Eimer zu spüren, die mit jedem Absatz schwerer wurden, wenn sie die Kellertreppe hinaufstieg. Sie hatte auch immer eine gewisse Liebe zu den einfachen Dingen gehabt, die alle einen ganz eigenen Geruch, ihre besondere Beschaffenheit oder Form besaßen. Und so kam es, daß sie immer wußte, wie sie mit ihnen umzugehen hatte. Maries Hände griffen ohne zu zögern in einen erloschenen Ofen, tauchten in Seifenlauge, sie entfernten den Rost von Eisengegenständen und fetteten sie ein, rieben Bohnerwachs auf den Boden oder sammelten mit einer zügigen runden Handbewegung die Gemüseabfälle vom Tisch. Zwischen ihren Handflächen und den Dingen, die sie berührten, gab es so etwas wie ein harmonisches Einverständnis. Marie dachte, daß ein Mensch, so vollkommen er auf anderen Gebieten auch sein mochte, nur ein unvollkommenes Verständnis von der Welt hätte, wenn dieses harmonische Einverständnis zwischen den Händen und den Dingen fehlte. Dieses Einverständnis entschied letztlich darüber, ob Tätigkeiten gelangen.

Marie liebt Hände, die die Besonderheit eines unbelebten Gegenstandes erfassen und die es ebenso verstehen, mit den lebendigen Dingen zu sprechen. Sie liebt Hände, die sich auf eine Schulter legen und sie festhalten, Hände, die durch die Art, wie sie ein Gesicht umschließen, den Reichtum des Herzens weit besser auszudrücken vermögen, als es eine Liebeserklärung je könnte.

Claude hatte zugesehen, wie Marie arbeitete. Als ihre Schwester klingelte, hatte sie ihren Bademantel nicht finden können und sich eine beige Stoffschürze umgelegt, die sie in der Taille mit irgendeinem Band festgebunden hatte. Mit ihrem ungekämmten Haar, den unordentlichen stumpfen, braunen Strähnen, die ihr in Stirn und Schläfen hingen, dem schmalen Gesicht und ihrer gebräunten, ungeschminkten Haut sah sie aus wie eine kränkliche Bäuerin.

Sie erzählte von ihrem mißglückten Urlaub, gähnte, jammerte. Marie wünschte, sie wäre still: bei jedem Wort wich sie innerlich weiter zurück, mit jedem Wort sah sie ihre Liebe zu Claude in tödlicher Gefahr. Und wenn sie selbst etwas sagte, war kein Satz ohne Lüge. Denn das Neue, Großartige wollte sie wie einen Schatz verstecken, und etwas anderes, das aufrichtig gewesen wäre, wußte sie nicht zu sagen. Am liebsten wäre sie einfach wieder gegangen; aber zugleich hatte sie auch das Bedürfnis, den zierlichen, ungewaschenen Körper in die Arme zu schließen und zu sagen: »Zieh dich rasch an und komm mit nach draußen.« Aber was gab es draußen schon Besonderes? Sie hätte nur antworten können: Straßen, die Seine, die Sonne, Männer, Frauen, Autobusse. Claude hätte diese Antwort sicherlich dumm gefunden.

Als sie ging, umarmte sie ihre Schwester ein bißchen zu fest und versprach ihr, sie bald anzurufen.

Claude wohnte am rechten Seine-Ufer. Der Bus, der Marie in Richtung Zentrum brachte, fuhr durch die Rue de Rennes, überquerte den Boulevard Saint-Germain und hielt dann an. Maries Blick fiel auf eine Uhr, die erst Viertel vor zwölf zeigte. Das Wetter war schön, und so stieg sie aus und setzte sich auf eine der Bänke vor der Kirche. Das angenehme Licht der späten Septembersonne lag über dem Café de Flore und der breiten Straße und ließ die blaue Fassade einer Buchhandlung noch heller erstrahlen. Marie mußte daran denken, wie sie Claude zurückgelassen hatte, das magere Gesicht, die Pantoffeln, ihre Geschirrtuchschürze. Wahrscheinlich irrte sie in ihrer Wohnung umher, ohne irgend etwas zu tun. Vielleicht war sie auch wieder ins Bett gegangen, nachdem ihre Schwester fort war. Maries Herz wurde schwer. Sie hätte sie zwingen sollen, mit ihr zu kommen, hätte sie überreden sollen, ihren Mann anzurufen, damit sie beide zu ihr zum Essen kämen. Dann wäre Claude jetzt bei ihr, sie könnten sich unterhalten, und Marie wäre nicht mehr allein: sie würde in diesem Augenblick nicht den Bussen nachschauen, die in der Sonne aufleuchteten, um gleich darauf im Schatten der Rue Bonaparte zu verschwinden.

Bei dieser Vorstellung verflog ihr Bedauern schnell, und sie dachte etwas schuldbewußt: »Ich bin in einer egoistischen Phase; das geht auch wieder vorbei.« Ja, es war Egoismus; aber von einer merkwürdigen Art. Ihr schien es, als habe sie im Lauf der letzten Jahre ein ganzes Bündel von Zügeln in der Hand gehalten, alle an Menschen gebunden, die in Maries Leben eine Rolle spielten. »Jean, wir werden uns immer lieben ...« – »Wissen Sie, es ist sehr selten, daß zwei Menschen sich so sehr lieben wie Marie und ich ...« – »Jean, unsere Liebe ...« – »Ja, mein Liebling, unsere Liebe ...« – »Jean, du wirst doch nicht allein zu dieser Veranstaltung gehen, ohne mich ...« – »Aber nein,

Kleines, es wäre mir nicht im Traum eingefallen, ohne dich dorthin zu gehen . . .« – »Claude, ich habe vorhin ein kurzes Gedicht von Louise Labé entdeckt, als ich in der Buchhandlung einen teuren Band durchgeblättert habe. Ich hab's auswendig gelernt, es ist wunderschön, hör zu . . .« – »Wunderschön . . .« – »Und ich habe sofort gedacht, ich muß dir davon erzählen. Soll ich's dir diktieren? . . .« – »Ja, diktiere es mir . . .«

So vergingen viele Minuten, Stunden, Jahre. Sie waren alle erfüllt, schön und auf ihre Art vollkommen – doch sie waren im Grunde künstlich, denn ohne Marie hätten diese Momente nie existiert. Sie sind allein ihr Werk, sie sind ihrem Herzen, ihrem Fleisch und ihren Sehnsüchten entsprungen. Maries Glaube hatte eine so große Ausstrahlung, daß er wie Zügel wirkte, deren Enden sie in den Händen hielt. Doch eines Sommermorgens wandte Marie den Kopf und blickte zurück. Sie ließ die Zügel los, ihre Hände waren jetzt frei und begannen in der Vergangenheit nach etwas zu suchen.

Von ihrer Bank vor der Kirche Saint-Germain-des-Prés aus starrte Marie blicklos auf die Ecke, an der sich die Rue de Rennes und die Rue de l'Abbaye trafen. Ein neues Bild schob sich vor ihr inneres Auge: das große rothaarige Mädchen, das abends in ihrem Zimmer den Lampenschirm verhängte, damit das Licht die schlafende Claude nicht störte. Dann setzte sie sich an den Tisch, legte die Hände an die Schläfen und las mit stark und gleichmäßig klopfendem Herzen *Jenseits von Gut und Böse*.

Sie erinnerte sich an den Kragen aus gestärktem Baumwollrips, den sie manchmal auf ihr Kleid heftete. Am Hals war er mit einem schmalen Leinenstreifen versäubert, der ständig herausrutschte, so daß man ihn immer wieder mit dem Daumen- oder Zeigefingernagel an den Rips drücken mußte. Sie spürte in ihren Fingern noch immer diese lästige Bewegung, und dieser Erinnerungssplitter machte sie so glücklich, als hätte sie einen großen Sieg errungen.

Marie begann, die Dinge um sich herum wieder wahrzunehmen, die Geräusche, den Ort, an dem sie sich befand, und sie bemerkte im gegenüberliegenden Straßencafé einen Mann, der den Kopf umwandte, sie entdeckte und ihr zuwinkte. Sie erkannte Marius Denis, rührte sich aber nicht. Er rief ihr etwas zu und stand schließlich auf, um zu ihr herüberzukommen.

»Marie, was machen Sie denn hier auf dieser Bank?«

»Ich beeile mich, nach Hause zu kommen«, antwortete sie lachend.

»Da wüßte ich etwas Besseres. Trinken Sie einen Portwein mit mir?«

»Hier ist es doch genauso schön wie im Café.«

Verblüfft und etwas aus der Fassung gebracht, setzte er sich neben sie auf die Bank.

Marius Denis hatte Marie begehrt, wie er alle Frauen begehrte. Vielleicht hatte dieses spontane und oberflächliche Begehren damit zu tun, daß er als guter Psychologe für jede Frau stets den richtigen Satz wußte, mit dem er sie herumbekommen konnte. Immer, wenn er zu Marie etwas Entsprechendes sagte, hörte sie ihm mit wohlwollender und abwartender Miene zu. Doch wartete er stets vergeblich auf eine Reaktion. Als intelligenter Mensch hatte er inzwischen begriffen, daß Marie ihm gar nicht wirklich zuhörte. Sie blieb für ihn unerreichbar, so als sei sie von etwas Undefinierbarem umgeben. Sie antwortete nur selten auf das, was er sagte, und nie mit einem vollständigen Satz. Manchmal rüttelte eines seiner Worte sie wach. Dann richtete sie ihren scharfen Blick auf ihn, so als verfolge sie eine Spur, bis ihr Blick wieder abwesend, ruhig und zufrieden wurde und in die Ferne schweifte. Diese kurzen wachen Blicke Maries brachten ihn noch mehr aus der Fassung als ihre langen entrückten Phasen: wenn ihre Augen schläfrig dämmerten, bestand vielleicht die Chance, daß sie nachgab, waren sie jedoch klar und wach, bedeutete dies Verweigerung. Eine Frau, die absolut treu war und sich keinem anderen Mann hingab, war ziemlich selten. Aber eine Frau, die sich ihm nicht hingab, war ihm schlicht unvorstellbar. Natürlich begehrte er Marie deswegen um so heftiger, doch er unterhielt sich mit ihr nur über allgemeine, unverfängliche Themen.

Sie hatten zusammen an der Sorbonne studiert, und da Marius Denis sich intensiv mit Literatur beschäftigte, gab es einige Themen, über die sie sich austauschen konnten. Von Zeit zu Zeit schob er ihr, nicht ganz ohne Bitterkeit, einen etwas zweideutigen Satz unter, so als wolle er ihr zu verstehen geben, daß er zwar aufgegeben hatte, aber nach wie vor alles nur von ihr abhinge.

»Hatten Sie einen schönen Urlaub?« fragte er platt.

»Ja, war ganz schön.«

Und nach einer Weile fügte sie hinzu, als fiele ihr auf, daß sie etwas vergessen hatte: »Und wie war's bei Ihnen, Denis?«

Sie nannte ihn Denis. Einmal hatte sie zu ihm gesagt: »Ich rede Leute normalerweise nicht gerne mit ihrem Familiennamen an. Sie sind eine Ausnahme: Ihr Vorname ist etwas lächerlich, aber Ihr Nachname wäre ein hübscher Vorname.« Diesen Satz hatte er sich gemerkt. Das war allerdings keine Kunst gewesen, denn es gab nicht viele Sätze von Marie, die man sich hätte merken müssen. Es war eines der seltenen Male, daß sie über etwas gesprochen hatte, das direkt mit ihm zusammenhing.

Er antwortete: »Nicht genug Geld da für eine große Reise ... Ich bin einfach in die Touraine gefahren. Seit drei Wochen bin ich schon wieder in Paris und arbeite an meiner neuen Zeitschrift.«

Nach einer kurzen Pause fügte er hinzu: »Und ich habe oft an Sie gedacht.«

»Wie kann ich Ihnen behilflich sein?« fragte sie ruhig.

Plötzlich überkam ihn die Lust, sie zu ohrfeigen. Er zog es aber vor, darauf zu antworten, als hätte ihre Bemerkung direkt an die vorangehende Äußerung angeknüpft: »Sie könnten mir in bezug auf die Zeitschrift behilflich sein. Ich habe daran gedacht, daß Sie vielleicht mitarbeiten könnten. Allerdings müßten Sie dann einmal ins Büro der Redaktion kommen, damit ich Ihnen erklären kann, worum es sich handelt ... Wenn ich Sie bitten würde, bei mir zu Hause vorbeizukommen, würden Sie sowieso wieder ablehnen. Das tun Sie ja immer.«

»Weil Sie mich bisher immer ohne konkreten Grund eingeladen haben und immer ausgerechnet einen Tag, nachdem wir uns zu einem ausführlichen Plausch getroffen hatten. Und wahrscheinlich hatte ich dann auch immer schon etwas anderes vor oder war mit jemand anderem verabredet.«

Um sie herauszufordern, fragte er: »Sie kommen also? Heute um halb drei?«

»Ich werde um halb drei bei Ihnen sein«, antwortete Marie.

Sie erhob sich und gab ihm die Hand. Er sah ihr bewundernd nach, als sie davonging. Ihr Gang war von einer natürlichen Eleganz, und ihr Haar, das von keinem Hut verdeckt und in keiner Frisur gebändigt war, leuchtete in der Sonne.

Er überlegte, daß dieser Tag ihm, wenn alles gutging, nicht nur eine intelligente Mitarbeiterin bescheren würde, sondern auch eine Frau, die er seit langem begehrte.

Unterdessen war Marie in eine Buchhandlung gegangen, wo sie ein Exemplar der Zeitschrift durchblätterte. Sie fand sie etwas mondän und ganz auf ein weibliches Publikum zugeschnitten und fragte sich, welche Art der Mitarbeit sich Denis wohl für sie vorgestellt hatte.

Um halb drei betrat Marie ein Gebäude in der Rue Marguerin, öffnete eine Bürotür und fragte nach Marius Denis. Während sie wartete, atmete sie genußvoll den Geruch von Druckerschwärze und frischem Papier ein. Sie stellte sich die Druckerei in den hinteren Räumen vor und nahm dabei diesen Geruch noch intensiver wahr. Gerne hätte sie sie besichtigt, doch da kam Denis herein und sagte: »Gehen wir zu mir hinauf, dort haben wir's bequemer.«

Da sie nicht gleich sein Mißfallen erregen wollte, behielt sie ihr Bedauern für sich und folgte ihm zum Aufzug.

Die Wohnung war klein und besaß keinen Flur. Die Wohnungstür führte direkt in eine Art Studio, dessen Einrichtung aus Sofas, Sesseln und Regalen voller Bücher bestand. Marie sah mit einem Blick die zugezogenen Gardinen, eine kleine Stehlampe, die gedämpftes Licht verbreitete, zwei Gläser, eine Cocktailflasche und einen Teller mit Gebäck auf dem Tisch, und sie verstand sofort.

Mit großem Unbehagen setzte sie sich auf eines der Sofas, auf die Stelle, die Denis ihr zuwies. Ihr Unbehagen hatte nichts mit Angst zu tun – Angst hatte sie bestimmt nicht –, sondern mit Ekel. »Das inszeniert er, um eine Frau möglichst leicht herumzukriegen«, sagte sie zu sich selbst. Er streute sein Lockmittel aus, und die Frauen gingen ihm auf den Leim: aber nicht etwa, weil sie sich diesem und keinem anderen Mann hingeben wollten, sondern weil sie sich einem Mann hingaben, der vom Halbdunkel des Zimmers völlig ausgelöscht und fast anonym geworden war. In Wirklichkeit verfielen sie gar nicht diesem Mann, sondern einer Stimmung, dem gedämpften Licht, den weichen Kissen, den zugezogenen Gardinen, dem Duft des Portweins; und am nächsten Tag konnten sie ihr Gewissen damit beruhigen, daß sie sich sagten: »Es lag einfach an der Stimmung.«

Marie saß mit zusammengepreßten Knien auf dem Sofa, die Hände nebeneinander, eingeschlossen in eine schützende Hülle aus körperlichem Widerwillen. Denis plauderte über dies und jenes, unter anderem über seine Urlaubserlebnisse. So vergingen einige Minuten, in denen er langsam näher rückte. Er beugte sich über ihre Tasche, so als bewunderte er sie, und ihr war klar, daß er vorhatte, sie zu küssen, wenn er den Kopf wieder hob. Sie sagte nichts, fing nur an zu lachen, ohne daß er es merkte. Sie ließ ihn die Tasche wieder auf ihre Knie legen, ergriff dann aber sofort ihr Glas und führte es an die Lippen. Damit verbarg sie ihr Lächeln und verteidigte zugleich ihren Mund. Nun wußte er nichts mehr zu sagen, hatte die Hand aber noch immer auf Maries Knien.

Sie fühlte sich jetzt nicht mehr unbehaglich, doch es

war ihr auch nicht mehr zum Lachen zumute. Sie fand die ganze Szene nur furchtbar ärgerlich. Trokken fragte sie: »Nun, Denis, was ist denn jetzt mit dieser Zeitschrift?«

Er erklärte, er habe das neue Magazin in erster Linie aus wirtschaftlichen Gründen auf die Beine gestellt. Es sollte ihm erlauben, die ernsthafteren Dinge mit weniger materiellen Sorgen zu betreiben. Aber da »sie jetzt so richtig eingeschlagen hatte«, gedachte er die Zeitschrift auch für ein intellektuelles Publikum interessant zu machen, ohne jedoch ihre Leichtigkeit aufzugeben. Kurz gesagt, einige Artikel über Literatur – darum würde er sich kümmern – und eine philosophische Chronik, die er Marie anvertrauen wollte.

»Damit«, so schloß er, »wären Sie es, die dem Vogel die rechte Würde gibt. Aber verstehen Sie mich richtig: es müßten Artikel sein, die zwar etwas anspruchsvoll wirken, die aber trotzdem auch für das Publikum, das die Zeitschrift kauft, verständlich sein müssen.«

Die ganze verworrene Atmosphäre ging Marie auf die Nerven. Sie merkte, daß sie immer gereizter wurde. Seit sie Denis' Wohnung betreten hatte, hatte sich in ihr eine Wut angestaut, die nun plötzlich aus ihr herausbrach. Sie sagte: »Hören Sie, Denis. Zehn Seiten über die *Kritik der reinen Vernunft*, das ist in Ordnung... Und Ihnen beim Redigieren von Rezepten für Kalbfleisch Marengo, Hühnerfrikassee oder was weiß ich was zu helfen, selbst wenn ich etwas erfinden müßte, auch damit wäre ich einverstanden. Aber zwei Löffelchen Spinoza, ein Löffelchen Plato, drei Gramm Bergson zu vermischen und das Ganze mit einer Verdauungssauce zu übergießen, damit die Mägen dieser Damen und Fräuleins es auch verkraften – das lehne ich ab ... schlicht und ergreifend, weil ich zu einer solchen Arbeit nicht imstande bin.«

Sie fuhr in diesem Ton fort. Er hatte sie noch nie so lange am Stück und mit so lauter, wütender Stimme reden gehört. Er war so gebannt von ihren unbefangenen Gesten, ihren lebhaften Händen und ihren Augen, die endlich einmal mehrere Minuten hintereinander lebendig funkelten – selbst wenn es hier gegen ihn ging –, daß er völlig vergaß, ihr zu antworten.

Als sie schließlich verstummte, war er wie betäubt. Er wußte ihr nichts zu entgegnen, wollte aber gerne freundlich sein. Er näherte sich dem Tisch, um Maries Glas zu füllen.

»Schmeckt Ihnen der Cocktail?«

»Ein bißchen zu süß. Sie hätten weniger Portwein nehmen sollen und dafür mehr Gin«, sagte sie, und aus ihrer Stimme klang noch immer Wut.

Folgsam goß er die Hälfte des Inhalts ihres Glases weg und füllte es mit Gin auf.

»Sie haben noch gar nichts zu meiner Wohnung gesagt«, sagte er nach kurzem Schweigen. »Ich habe sie erst neu herrichten lassen und würde gerne Ihre Meinung dazu wissen.«

»Wahrscheinlich ist sie sehr schön, aber beim Licht

dieser kleinen funzeligen Lampe kann man die Farben überhaupt nicht erkennen«, antwortete sie.

Indem sie mit dem Kinn auf die geschlossenen Vorhänge deutete, fragte sie: »Ist das Fenster eine Attrappe?«

Er löschte die Lampe und zog die Vorhänge auf. Die Helligkeit, die auf einmal das Zimmer erfüllte, war so stark und ungewohnt, daß sie beide mit den Augen blinzelten.

Sie stand auf und ging in die Mitte des Zimmers.

»Wenn es so gewesen wäre, als ich hereinkam, hätte sich vermutlich alles anders entwickelt. In jeder Beziehung«, sagte sie und sah ihn streng an.

Angesichts der Haltung, die Marie jetzt eingenommen hatte, und nach dem Satz, den sie eben gesagt hatte, gab es nur zwei Möglichkeiten, sich zu verhalten: entweder mußte er sie an den Schultern packen und hinauswerfen oder sie lieben. Sie bemerkte, was in ihm vorging, und ihr war klar, daß sie an dieser Entwicklung selbst schuld war. Unruhig wartete sie Denis' Reaktion ab. Doch er war nicht verärgert, sondern er sah sie an und sagte: »Offenbaren Sie sich immer auf diese Art und Weise, Marie, so aus heiterem Himmel?«

Ihre Wut war mit einem Mal verflogen, sie wurde traurig.

»Mich offenbaren? Habe ich mich offenbart?« fragte sie leise, als redete sie mit sich selbst.

»Sie sollten häufiger so reden, Marie, mehr von sich

preisgeben ... Sie müßten mehr mit den anderen reden, das würde allen guttun.«

Sie bemerkte, wie seine Stimme weicher geworden war, fast bittend. Mit einer Mischung aus Zärtlichkeit und Mitleid betrachtete sie seine Hände, seine unentschlossene Stirn, seine Haare, die traurigen, matten Augen dieses Mannes, den sie niemals lieben würde.

Als sie seine Wohnung verlassen hatte, dachte Marie: »Armer Denis, ein richtiger unreifer Junge.« Doch noch immer verspürte sie Wut und Abneigung gegen ihn. Ihr war heiß, weil sie die ganze Zeit über ihren Mantel anbehalten hatte. Der Geschmack des Portweins in ihrem Mund verursachte ihr eine leichte Übelkeit. Sie hatte das Gefühl zu ersticken und sehnte sich nach frischer Luft. Sie ging an der Métrostation Alésia vorbei und folgte zu Fuß der Avenue d'Orléans.

An einer Kreuzung sah sie ein Fest, das im Viertel stattfand, einen kleinen Jahrmarkt, zu dem sie sich hingezogen fühlte. So etwas gab es in Paris nicht oft.

Marie blieb vor einem riesigen Karussell stehen, einer Art Berg-und-Tal-Bahn. Ein großer junger Mann in einem marineblauen Arbeitskittel und einer Schirmmütze, die schräg auf den blonden Haaren saß, überwachte die bunte, sich bewegende Maschinerie. Im Moment hatte er keine Kunden, aber das war ihm völlig egal. Als er so an der Dekoration lehnte, die die Drehachse verbarg, wirkte er wie ein gleichgültiger, aber allmächtiger Meister, wie ein Gott, der seinen

Spaß daran hatte, zuzusehen, wie seine Welt sich drehte, bis er Lust hätte, sie zu bevölkern. Aus Gewohnheit oder Laune hielt er das Karussell nach einer gewissen Zeit an, um es nach einer Pause wieder in Gang zu setzen. Als er bemerkte, daß Marie ihn beobachtete, rief er ihr zu: »Hallo, schönes Kind, komm doch mal her!«

Sie lächelte und sprang auf die Plattform, die bereits leicht bebte, weil sie gleich wieder anfangen würde, sich zu drehen. Der Mann streckte die Hände aus, ergriff Marie gerade noch rechtzeitig und setzte sie auf eines der Pferde.

»Auf das größte... Für den gleichen Preis wie ein kleines!«

Er setzte sich hinter sie auf das Pferd, faßte sie an den Handgelenken und streckte Maries Arme zusammen mit den seinen aus, so daß sie ein doppeltes Kreuz bildeten. Ohne sich an irgend etwas festzuhalten, ließen sie sich immer schneller im Kreis davontragen. Marie spürte die Berg-und-Tal-Fahrt des Karussells. Der Mann drückte seinen Oberkörper und seine Arme gegen Marie, übertrug auf ihren Leib den tiefen, langen Rhythmus des Auf und Ab.

»Wie auf Meereswellen!« sagte er.

»Auf einem aufgewühlten Meer!« rief Marie.

Der Satz gefiel ihm so gut, daß er ihn zu der dumpfen, scheppernden Melodie des Karussells sang. Es drehte sich jetzt auf höchster Geschwindigkeit; bei den Talfahrten flog Maries Haar nach hinten. Der

Mann sang nicht mehr. Er pfiff jetzt wie eine Sirene, schwermütig bei den Aufstiegen, fröhlich, wenn es wieder bergab ging. Auf den ebenen Abschnitten lehnte er sich leicht an Maries Rücken.

Als die Maschine langsamer wurde und der Mann die Hebel arretiert hatte, streckte Marie ihm die dreißig Sous hin, die eine Karussellfahrt kosten sollte. Er zögerte, weil er das Geld eigentlich nicht annehmen wollte, sich dann aber doch nicht traute, es zurückzuweisen. Er fand eine Lösung: er nahm das Geld und sagte: »Wie wär's, wenn wir gegenüber einen Kaffee trinken würden? Von dort hab' ich meinen Laden genauso gut im Blick.«

»Einverstanden!« sagte sie glücklich.

Sie betraten das Lokal. Der Mann war so groß, daß er sich nur in Schräglage mit dem Ellbogen auf den Tresen stützen konnte, wobei seine Hüften einen weichen, eleganten Bogen beschrieben. Er wirkte sehr lässig. Während er Marie ansah, meinte er: »Ein junges Mädchen wie Sie, mit einem schön geschnittenen Mantel, also eigentlich eine elegante Frau, und dann ohne Hut, ganz allein auf einem Rummel, das ist ziemlich selten.«

Marie lächelte und zuckte mit den Schultern, sah auf die Kreuzung hinaus und sagte, als würde sie damit etwas erklären: »Ein Rummel ist doch etwas Schönes.«

»Ja, ist schon nicht schlecht«, meinte er zustimmend.

Sie unterhielten sich eine Weile über dies und das. Als sie ihren Espresso getrunken hatten, verließen sie das Café.

Sie reichten einander die Hand. Er sagte: »Man trifft sich, redet miteinander, freundet sich ein wenig an und trennt sich dann wieder, das ist schon merkwüdig ...«

»Ja, das ist merkwürdig«, antwortete sie.

Er ging zu seinem Karussell zurück, während Marie sich auf den Heimweg machte.

Die Maschine begann sich langsam wieder zu bewegen. Der Mann setzte sich im Damensitz auf eines der Pferde, das Gesicht gegen die Drehrichtung, um Marie nachzusehen, als sie sich entfernte. Nach einigen Metern wandte Marie sich zu ihm um und hob die Hand. Er hob seine Mütze, hielt sie zum Gruß am ausgestreckten Arm in die Luft und sah Marie mit ernstem Lächeln an. Sie sah ihn nur wenige Augenblicke, denn die Kreisbewegung trug diesen Gott auf die andere Seite seiner Welt.

Als Marie nach Hause kam, fand sie in ihrer Küche ein Chaos vor. Da sie sofort nach dem Mittagessen das Haus verlassen hatte, war zum Aufräumen keine Zeit mehr gewesen.

»Und all das, um pünktlich in der Rue Marguerin zu sein, bei diesem Idioten Denis.«

Sie setzte Wasser auf, brachte das Zimmer in Ordnung und wartete eine Weile. Sie erinnerte sich an die Melodie, die das Karussell gespielt hatte, und trällerte sie, genau wie der Mann, mit den Worten, die sie zusammen erfunden hatten. Das Wasser war heiß, Marie machte den Abwasch und räumte das Geschirr weg. Der Herd war vom Kochen des Mittagessens mit Fett bespritzt. Sie wischte ihn ab, ging kurz mit Schmirgelpapier darüber, verteilte Graphitpaste darauf und polierte ihn ausgiebig und mit Vergnügen, bis das Gußeisen glänzte wie ein Spiegel.

8

Der Oktober war schön. Die Temperatur blieb angenehm, und die Tage wurden von einer blassen Sonne erhellt. In Paris verloren die Bäume allmählich ihre Blätter, und ein friedliches Sterben, das nicht schmerzte, lag in der Luft.

Marie befand sich in einem Zustand, in dem sie weder Begeisterung noch Haß, noch Verzweiflung empfand. Doch sie war auch nicht gleichgültig. Sie hatte vielmehr zu einem wilden Frieden gefunden. Wenn sie überhaupt einen Wunsch verspürte, dann den, aufs Geratewohl als Mann durch das Land zu ziehen, zu schlafen und zu essen, wie es ihr beliebte, sich zum Ausruhen auf einen Steinhaufen zu setzen und das Brot mit einem Taschenmesser zu schneiden. Wenn sie sich über irgend etwas freute, dann darüber, daß sie uneingeschränkt über ihre Zeit verfügen konnte. Manchmal kam ihr aber auch das merkwürdig oder gar lästig vor. Sie ging mit sicherem Schritt und klarem Blick und trug ihren Kopf sehr hoch – viel zu hoch. Das sanfte herbstliche Sterben paßte nicht zu der Jahreszeit in ihrem Herzen, das in der Erinnerung an eine Nacht von einem Wetterleuchten durchzuckt wurde, von einem harten, fast kalten Licht.

Marie hatte Claude nicht sehr häufig gesehen, sie überließ es dem Zufall, und so blieb es bei den seltenen Treffen mit gemeinsamen Freunden. Bei diesen Gelegenheiten unterhielt sie sich kaum mit ihr und vermied es, in die ratlosen und verlassenen Augen zu sehen, mit denen Claude sie anblickte.

Zwischen Jean und Marie hatte sich äußerlich nichts geändert. Bis zu dem Abend, als Jean ins Kino gehen wollte, um einen neuen russischen Film anzusehen, von dem alle sprachen. Marie hatte an diesem Abend keine Lust mitzugehen und sagte das auch. Jean schien diese Absage zunächst zu überraschen und zu ärgern, bis sie hinzufügte: »Aber du kannst doch auch alleine hingehen.«

Zunächst war er erstaunt, dann erfreut. Er beeilte sich mit dem Abendessen, und als er die Treppe hinunterstürzte, hörte Marie ihn fröhlich pfeifen, was er sonst nie tat. Sie sagte sich, daß er bestimmt auch Simone und Alice im Kino treffen und sehr spät nach Hause kommen würde. Sie sah Jeans Teller, auf dem noch die Hälfte des Nachtischs lag, weil er sich nicht einmal die Zeit genommen hatte aufzuessen.

Sie betrachtete das alles ohne Kummer, wie einen nachträglichen Beweis.

Als Jean nach Hause kam, war Marie schon im Bett. Sie öffnete die Augen und sagte ohne jeden Vorwurf: »Du kommst aber spät.«

»Ich habe mich noch mit Alice unterhalten.«

Er war so dicht neben ihr, daß sie den Lippenstift

auf seiner Backe, dicht neben seinem Mund, sehen konnte.

»Wisch dir bitte den Mund ab«, sagte sie.

Er ging zum Spiegel und kam dann wieder zu Marie zurück. Er erwartete, daß sie ihm wie üblich Vorwürfe machen würde oder traurig wäre, und wollte sich über sie beugen, um sie zu küssen und ihr, wie üblich, zu versichern, das seien doch alles nur Kindereien und sie wisse genau, daß nichts ihre Liebe erschüttern könne. Aber dann sah er an Maries Gesicht, daß sie schon wieder eingeschlafen war. Ihre Haut schien blasser als sonst. Ihr schönes Haar umgab ihren Kopf wie ein leuchtender Helm aus lauter Locken, die sich auf dem Kissen kringelten. Der angespannte Zug, der sonst selbst im Schlaf immer um ihren Mund lag, ein Zeichen von Unruhe, war jetzt verschwunden. Ihr Atem ging ruhig und gleichmäßig, kaum wahrnehmbar. Sie lag auf dem Rücken, die Hände züchtig über der Brust gekreuzt – so wie sie schon als fünfzehnjähriges Mädchen geschlafen hatte.

Kam Jean spät nach Hause, bewegte Marie sich gewöhnlich im Schlaf, sobald sie spürte, daß sein Körper sich neben sie legte, gleichgültig, wie fest sie schlief. Instinktiv streckte sie beide Arme aus und schirmte damit Jeans Brust ab, als wollte sie ihn verteidigen. Heute jedoch blieb sie wie tot liegen, in ihrem jungfräulichen Schlaf.

— 9 —

Anfang November fuhr Jean wieder nach Maubeuge. Marie war früh aufgestanden und stieg mit in den Bus, um ihn zum Bahnhof zu bringen. Einige Minuten später stand sie wieder allein auf dem Bahnsteig, während der Zug langsam davonfuhr.

Neun Uhr. An einem kalten Morgen wird Paris allmählich lebendig. Es ist möglich, daß die Wolken sich später am Tag auflösen werden und die Luft sich um die Mittagszeit noch einmal erwärmt. Auf den breiten Straßen in Neuilly, wo die Kälte noch intensiver ist, beschleunigt Marie ihren Schritt.

Zwischen den großen Privatvillen steht ein bescheideneres Haus, durch die Bäume im Nachbargarten fast verdeckt, die sich vor seiner Fassade aneinanderreihen. Es wirkt nicht so, als hätte dieser parkähnliche Garten sich auf fremdes Terrain ausgedehnt, vielmehr scheint es, als hätte das kleinere Haus sich in einen fremden Besitz hineingedrängt.

Eine schmale Gasse, die aussieht wie ein öffentlicher Weg, führt zu dem Haus. Marie geht diesen Weg entlang und zieht das niedrige Tor hinter sich zu, ohne auf sein Quietschen zu achten, das sie schon so oft gehört hat. Der schmale Weg verläuft erst eine ganze Weile zwischen den zwei Hecken und hohen Büschen hindurch, bis er dann nach links in ein Gärtchen mündet, das vor der Hausfassade endet. Hier haben Claude und Marie als Kinder gespielt.

Die Haustür ist selten abgeschlossen. Marie drückt nicht auf den Klingelknopf, sondern klopft nach einem bestimmten Rhythmus ein paarmal hintereinander an das Holz, bevor sie die Klinke herunterdrückt. Ganz gleich, ob man sie hört oder nicht, sie hat es immer so gemacht, um ihr Kommen anzukündigen.

Sie geht schnurstracks über den Flur, weil sie weiß, daß ihre Eltern um diese Zeit immer in der geräumigen Küche mit den großen Fenstern frühstücken. Sie sitzen Seite an Seite (als der Vater ihrer Mutter noch lebte, saß er ihnen gegenüber, Claudes Platz war an dem einen Ende, Maries am anderen), und das Dienstmädchen steht am Herd, wo sie mit irgend etwas beschäftigt ist. Sie verläßt den Raum nicht, weil sie weiß, daß sie nicht stört.

»Marie? Guten Morgen, mein Mädchen.«

»Marie! Du bist ja eine richtige Frühaufsteherin. So zeitig bist du noch nie gekommen.«

»Ich habe Jean zum Zug nach Maubeuge gebracht.«

»Ach so, und jetzt kommst du zu Papa und Maman, um dich trösten zu lassen.«

»Möchtest du eine Tasse heiße Schokolade?«

Es ist Kakao in heißem Wasser, weil Maries Vater keine Milch mag. Sie trinkt das etwas fade schmekkende Getränk mit Genuß. Es schmeckt intensiv nach Erinnerung.

Marie sieht ihre Mutter an, die sich so früh am Morgen noch nicht zurechtgemacht hat. Sie trägt ein Haarnetz über ihrem noch immer braunen Haar, damit ihre Locken beim Schlafen nicht zerdrückt werden. Sie tastet mit der Hand nach der lächerlich aussehenden Kopfbedeckung und entschuldigt sich mit einem unsicheren, fast kindlichen Lächeln dafür. Dieses Lächeln liegt immer auf ihrem Gesicht, wenn sie über sich selbst spricht. Sowohl ihr Mann als auch ihre Tochter haben sich immer darüber amüsiert. Maries Blick trifft den ihres Vaters, sie lachen und wenden sich gleich wieder mit liebevollem Blick der ungekämmten Frau mit dem Haarnetz zu. Und Marie sagt mit herzlicher Stimme: »Ich freue mich, daß ich dich wieder einmal so sehe.«

Maries Vater steht auf. Für ihn ist es Zeit, ins Büro zu gehen. Sie bleibt mit ihrer Mutter allein.

Normalerweise besucht Marie ihre Eltern mindestens alle vierzehn Tage, doch heute scheint es ihr, als sei sie seit Jahren nicht mehr in diesem Haus gewesen. Deswegen sieht sie sich aufmerksam und ein bißchen gerührt im Raum um. Sie begrüßt jeden Gegenstand, jede Geste, jedes Wort, um sie wieder liebzugewinnen und auf eine gewisse Art um Verzeihung zu bitten.

Sie sagt: »Maman, hast du eigentlich in letzter Zeit die Nachbarin, Madame Palafroid, gesehen?«

Maries Mutter hatte immer Schwierigkeiten gehabt,

diesen unmöglichen Namen auszusprechen, deswegen wartet Marie ängstlich die Antwort ab.

»Ja, Madame Palefroid geht's gut.«

Und Marie nimmt das Wort »Palefroid« begierig auf und begrüßt dieses »e« wie ein Kleinod von unermeßlichem Wert.

Sie ist aufgestanden, hat sich auf den Tisch gestützt und sieht aus dem Fenster. Von hier aus kann man den ganzen Garten überblicken, aber der Weg ist verdeckt. Claude und Marie saßen immer an diesem Tisch, die Köpfe über ihre großen, mit grauem Stoff bezogenen Hefte gebeugt. Sie hörten, wenn jemand den Weg entlangkam, sahen sich an und riefen gleichzeitig aus: »Besuch!« Und nach einer Weile mit enttäuschter Stimme: »Es ist nur der Bäcker.«

Marie ruft sich die Geräusche, Gerüche und unterschiedlichen Ansichten des Gartens in Erinnerung und läßt sich von ihren Gedanken treiben.

José, das Dienstmädchen, hat gerade einen ganzen Korb voller Gemüse aus dem Keller heraufgebracht. Sie verläßt den Raum gleich wieder, um die Zimmer aufzuräumen. Maries Mutter schüttet den Gemüsekorb auf dem Küchentisch aus und beginnt, das Gemüse zu putzen. Marie holt aus der Schublade des Küchenbüfetts ein Küchenmesser, um ihrer Mutter zu helfen. Die beiden Frauen reden nicht miteinander. Die friedliche Stille zwischen ihnen wird nur durch das schabende Geräusch unterbrochen, mit dem die beiden Messer über die harten Karotten fahren. Die

Mutter hat ihre Toilette auf später verschoben, um keinen Moment mit ihrer Tochter zu versäumen. Sie hat eine Schürze über ihren Morgenmantel gebunden und trägt noch immer ihr merkwürdiges kleines Haarnetz. Die Gesichter der beiden Frauen sind ruhig und entspannt.

Das Messerschaben hat aufgehört, das ganze Gemüse ist geputzt. Manchmal fällt ein Wassertropfen aus dem Hahn und zerplatzt ohne das geringste Geräusch auf einem kleinen Spüllappen, der an dieser Stelle im Spülbecken liegengeblieben ist. Die Stille ist vollkommen und durch nichts gestört. Da streckt Marie den Arm nach ihrer Mutter aus und faßt sie um die Taille, zieht sie zu sich heran und sagt: »Maman, früher sind wir am Donnerstagmorgen immer zusammen zum Markt gegangen.«

»Ja, und du bist immer gleich in die Ecke gelaufen, wo es am meisten Trödel gab, und wolltest, daß ich dir einen Haufen altes Zeug kaufe.«

Es ist nicht schwierig, bei einer Mutter Erinnerungen zu wecken. Und Maries Mutter fängt an zu reden, erzählt Geschichten, läßt in ihrem Herzen das kleine Mädchen wiedererstehen, das sie einmal war. Während sie die junge Frau ansieht, von der sie noch immer festgehalten wird, redet sie von einer Marie, die sich noch nicht dieser einen Liebe verschrieben hatte, in der noch der ganze Reichtum aller möglichen Lieben war. Marie läßt sie reden. Sie kann ihrer Mutter nicht sagen, daß sie jetzt keine Erinnerungen mehr zu Hilfe rufen muß. Aber sie lehnt ihren Kopf an die mütterliche Schulter und bleibt eine Weile so stehen. Dieser Augenblick soll ganz allein der alten Frau gehören: ein langer wunderbarer Moment, in dem Marie sich ihrer Mutter von neuem schenkt.

10

Marie hat das Haus ihrer Eltern gerade verlassen. Auf den Straßen ist es nicht mehr so kalt. Es ist zwar noch nicht Mittag, aber je mehr man sich der Stadt nähert, desto wärmer scheint es zu werden. Die Avenue des Ternes, das Hôpital Beaujon, Saint-Philippe-du-Roule liegen noch im Schatten. Weder an der Madeleine noch an der Oper sieht man die Sonne. Aber als Marie die Boulevards verläßt und in die Rue Laffitte einbiegt, öffnet sich plötzlich der Himmel über Paris, und Notre-Dame-de-Lorette liegt in strahlendem Licht. Es ist gerade halb eins. Die Zeit ist ihr günstig. Sie geht nicht zur Post hinunter, es ist ihr angenehmer, in der Atmosphäre eines Cafés auf ihr Ferngespräch zu warten als in einem öffentlichen Raum.

Aus dem Hörer an Maries Ohr dringt die weit entfernte Stimme einer älteren Frau, die sie fragt, mit wem sie sprechen wolle. Sie nennt einen Namen, Silben, die sie zum ersten Mal ausspricht, und sie hört ihre eigene Stimme, als sei sie ihr völlig fremd. Wahrscheinlich wird sie diesen Namen in einigen Augenblicken noch einmal sagen müssen, um sich der Identität der Person zu versichern, die mit ihr sprechen wird. Sie wird auch ihren eigenen Namen sagen müssen. Davor hat sie eine unerklärliche Angst. Doch aus dem Hörer dringt jetzt wieder ein Geräusch, ein Atmen. Ein einziges Wort, und auf einmal sieht sie ihn deutlich vor sich.

»Hallo?«

»Hallo«, antwortet sie.

Sofort gewinnt die andere Stimme an Sicherheit und spricht weiter: »Wie geht es Ihnen?«

»Mir geht's gut... Ich rufe an, weil...«

Marie ist durcheinander und im Begriff, zuviel zu sagen. Aber die Stimme unterbricht sie und rettet sie auch diesmal.

»Ich kann nach Paris kommen, auch wenn's ein bißchen schwierig ist. Oder möchten Sie lieber für einen Tag hierher kommen? Sie kennen die Stadt ja noch nicht.«

Sie ist selbst gar nicht auf diese andere Möglichkeit gekommen und zögert. Er merkt an ihrer unentschiedenen Reaktion, daß eine so spontan beschlossene Reise ihr angst macht. Deshalb sagt er: »Also gut. Ich nehme den nächsten Zug nach Paris. Warten Sie am Bahnhof auf mich.«

»Ich werde da sein«, antwortet sie.

Da ist die Verbindung auch schon unterbrochen. Marie denkt darüber nach, wie schnell er sich entschieden hat. Sie vergleicht sein Verhalten mit ihrem Zögern und schämt sich dafür.

An der Theke des Cafés fragt sie nach einem Zugfahrplan, um die Ankunftszeiten nachzusehen: in einer knappen Dreiviertelstunde fährt der nächste Zug los.

Draußen leuchtet die Kirche noch immer in der Sonne. Auch die Rue du Faubourg Montmartre, die Rue Pelletier und die Rue de Maubeuge rechts davon liegen jetzt im hellen Licht. Marie scheint es, als verzweigten sich die Straßen um die große Kreuzung an der Rue de Châteaudun wie die Strahlen eines Sternes, der ganz allmählich wieder an Glanz gewinnt.

— II —

Marie fand diesen Bahnhof schöner als den anderen. Er wirkte großzügiger, heller, besser geplant. Man ging aus der Bahnhofshalle nicht direkt auf die Straße hinaus, sondern zuerst auf einen großen freien Platz, der den Bahnhof von der Stadt trennte und ihn zu einer Insel für Ankunft und Abfahrt machte. Dieser Platz betonte die Ernsthaftigkeit und Wichtigkeit, die ein Bahnhof nun einmal hatte.

Marie wartete auf dem Bahnsteig. Sie fror und schlug den Kragen ihres Wintermantels hoch. Auf einmal wurde ihr klar, daß sie in der Menge nicht nach dem braungebrannten jungen Mann im grauen Sakko Ausschau halten durfte, den sie aus den Ferien kannte. Aber als er schließlich aus dem Zug stieg und auf sie zukam, achtete sie weder darauf, ob er einen Mantel trug, noch, ob seine Haut diesmal blasser war. Sie sah ihn, er war da, und alles andere war unwichtig.

Sie gaben einander die Hand, ohne ein Wort zu sagen. Seite an Seite verließen sie den Bahnhof, überquerten den Platz und gingen schweigend durch die Straßen.

Schließlich sagte Marie: »Vielleicht sind Sie nach der langen Reise hungrig?«

Sie hatte richtig vermutet. Schließlich war es auch Zeit zum Abendessen, also war es kein Wunder. Aber Marie schien es dennoch seltsam, daß er Hunger hatte und sie sich getraut hatte, ihn danach zu fragen. Sie gingen in ein Restaurant, wo Marie es ihm überließ, das Essen zu bestellen, und ihn dabei beobachtete, wie er mit anderen sprach. Ihr fiel auf, daß er kalte Vorspeisen lieber mochte als Suppe. Zum ersten Mal sah sie ihn essen. Sie betrachtete seinen Anzug, den geschlossenen Kragen seines blauen Popelinehemdes, die dunkle, rotgestreifte Krawatte. Marie kannte bisher nur die Ferientage, die mit der alltäglichen Wirklichkeit nichts zu tun hatten. Von seinem normalen Alltag hatte sie keine Vorstellung. Diesen Alltag hatte er gerade erst hinter sich gelassen, um zu ihr zu kommen, doch er trug noch Spuren davon an sich.

Am Kragen seines Jacketts blinkt das Abzeichen einer Universitätsfakultät. Marie kann es nicht genau erkennen. Sie müßte sich vorbeugen, die Hand ausstrecken und das winzige Ding zu sich heranziehen. Sie wagt es nicht, dieses erste Geheimnis zu berühren. Deshalb läßt sie ihr Herz die bekannten Wege wiederaufnehmen: sie betrachtet das schöne, kantige und etwas knochige Gesicht, in dem ein breites und dennoch ernstes Lächeln feine Muskelstränge spielen läßt. Lange verweilt ihr Blick bei seinem starken Kinn, das sich klar vom Hals abhebt, und bei den schmalen, geschwungenen Lippen. Ihre Finger wissen, wie weich sein schweres Haar sich anfühlt. Und sie kennt das tiefe Leuchten, das seine Augen nie verläßt. Aber Marie entdeckt auch ganz neue Züge in seinem Gesicht. Ihr kommt es so vor, als sei er noch etwas schlanker geworden, oder vielleicht ist er erschöpft von den ersten Tagen seines Studiums oder von der überstürzten Reise. Doch diese Spur von Müdigkeit schadet seinem jungen Gesicht gar nicht.

Sie sprechen wenig und erzählen einander nur unbedeutende Dinge. Sie wechseln kein zärtliches Wort, berühren einander nicht. Beide verschließen das Geheimnis ihres eigentlichen Lebens vor dem andern, wie ein zweites Ich. Denn inzwischen ist einige Zeit vergangen, ihre erste Umarmung ist ein Teil dieses eigentlichen Lebens geworden, hat in ihm eine Spur hinterlassen, von der der andere nichts weiß. Aber wissen sie es denn selbst? Würden sie ernsthafter miteinander reden, so könnten sie einander immerzu Fragen stellen. Sie haben jedoch beide dasselbe leidenschaftliche Bedürfnis zu schweigen.

Sie gehen wieder Seite an Seite durch die Straßen, ihre Schritte verlaufen nebeneinander in einer gemeinsamen Spur, ohne daß etwas sie verraten hätte: keine zärtliche Geste, kein Laut, kein verschwörerischer Blick, aber auch keine Angst oder Gewissensbisse. Trotz des Unbekannten, das vor ihnen liegt, trotz der Betäubung, die plötzlich ihr Denken lähmt, fühlen sie sich ruhig und stark. Sie wissen, sie werden jeder Gefahr, die durch ihr Tun entstehen könnte, mit Mut und Stärke begegnen.

Aber wissen sie auch, daß dieses Große, das sich auf alles übertragen kann, etwas Schicksalhaftes hat? Jeder von uns trägt sein Schicksal in sich wie eine Gnade, und unsere Aufgabe besteht darin, es anzunehmen.

Sie gehen Seite an Seite mit gleichem Schritt durch die Straßen, bis vor ihnen die Place de l'Opéra erstrahlt. Hier machen sie, ohne eigentlich zu wissen, warum, eine Pause und beschließen, in einem kleinen, bunt eingerichteten Lokal, von dem sie sich auf einmal angezogen fühlen, einen Fruchtsaft zu trinken. Und wieder sitzen sie einander wie betäubt gegenüber.

Er sieht Marie an, lächelt ihr zu und fragt: »Wie geht's?«

Sie antwortet mit verhaltener Stimme: »Gut.«

Nach einer Weile sagt sie, wie um all das Unaussprechliche ein wenig zu erklären: »Ein Ort des Übergangs.«

Er antwortet darauf mit derselben Einfachheit: »Ein Ort, an dem Erinnerungen langsam verblassen.«

Nichts ist ausgesprochen, nichts ist erklärt. Ein fremder Ort voll stummer Gegenstände. Seine Spannung liegt darin, daß sich die Dinge um sie herum verändern. Was sie wohl erwartet? Versprechen? Erfüllung? Enttäuschung? Freude? Hier herrscht eine unbekannte Macht, die sie beide fest in ihrer Gewalt hat – es ist ein Ort süßer Verheißung.

Die Rue La Fayette ist lang, sie folgen ihr mit schnellem Schritt. Bald ringen sie ein wenig nach Luft, und da sie nicht miteinander sprechen, hört jeder den schweren Atem des anderen. Die Kirche, die am Morgen in der Sonne leuchtete, ist jetzt nur noch eine dunkle Masse, an der sie seitlich vorübergehen. Dann kommt ein Weg, den sie schon zum zweiten Mal zusammen gehen.

Diese Tür, die sich in einer Septembernacht zu einem erleuchteten Korridor öffnete, bleibt heute verschlossen. Ihr Schritt wird nicht langsamer, nichts in ihren Bewegungen verrät das Erstaunen. Diese rätselhafte Tatsache hätte unangenehm sein können. Marie fällt nur auf, daß er manchmal den Kopf wendet, sie spürt, daß seine Augen nach etwas suchen. Sie sind an der Tür vorübergegangen und setzen ihren Weg fort, wie einen eiligen Spaziergang. Als er ihr nach einer Weile die Hand auf die Schulter legt, versteht sie sofort, was er ihr damit sagen will: er hat seine Wahl getroffen, ihr langer Weg ist zu Ende.

Sie setzten sich ein Stück voneinander entfernt auf das niedrige Bett, doch ihre Hände berührten sich. So blieben sie eine Weile, gefangen von jener Macht, der sie keinen Namen geben konnten. Sie waren überwältigt voneinander und von sich selbst.

Marie wandte ihm den Kopf zu und nahm dieses neue Gesicht in ihre beiden Hände: »Hast du dich verändert?« fragte sie ängstlich. »Ich erkenne dich gar nicht wieder...«

»Nein, ich habe mich nicht verändert. Vielleicht bin ich reifer geworden.«

Das war die Antwort eines sehr jungen Mannes. Marie mußte unwillkürlich lächeln, aber sie spürte eine tiefe Zärtlichkeit in sich aufsteigen. Sie zog die große glatte Stirn näher zu sich heran und berührte sie beinahe keusch mit ihren Lippen.

Plötzlich fallen sie einander in die Arme, ihre ganze Leidenschaft ist wiedererwacht. Doch die Wogen, die sie an diesem Abend davontragen, bergen nicht mehr die unendliche Glückseligkeit ihrer ersten Nacht. Heute schlagen tobende Wellen über ihnen zusammen, unter denen sie sich aufbäumen, die sie bald zur Seite, bald auf den Rücken werfen. Kein Schrei, kein Stöhnen kommt über ihre Lippen, doch dieses Schweigen macht das lange Ringen ihrer aufgewühlten Körper noch dramatischer. Sie versinken in dunklen Tiefen, bevor eine neue Woge sie erfaßt und an die Oberfläche trägt, ihre Köpfe wild hin und her schleudert. Ihre Hände klammern sich fest an die Schultern des anderen, sie pressen ihre Knöchel gegeneinander, um keinen Preis würden ihre Körper sich voneinander lösen. Zusammen wollen sie sterben oder gerettet auf den gleichen Strand geworfen werden.

Als der Sturm sich schließlich legt, wissen sie nicht gleich, wo sie sind. Sie wissen nur, daß sie gleichzeitig die Augen geöffnet haben und daß die Erde sie wiederhat. Ihre Arme und Beine lösen sich nicht gleich, sondern bleiben ineinander verschlungen, als seien ihre Körper in nassen Tang gewickelt.

Er flüstert Marie einen geheimen Kosenamen zu,

ein einfaches Wort, das vielleicht alle Männer benutzen. Aber er spricht ihn auf ganz besondere Weise aus, er betont ihn so, daß er eindringlicher klingt. Als Antwort wiederholt sie diesen Namen, denn es ist derselbe, den auch sie ihm gibt.

»Was passiert mit uns?«

»Ich weiß es nicht.«

Sanft zieht er die Decke bis zu ihren Schultern hinauf, ohne sie dabei loszulassen. Sie schlafen eng umschlungen ein. Ihr Schlaf ist tief, in ihrer zweiten Nacht. Marie sieht jetzt nicht mehr aus wie eine junge, wilde Kriegerin. Kein Wetterleuchten durchzuckt heute ihre Augen. Im Schlaf zeigen ihre Gesichter Zeichen von Erschöpfung, in ihren Zügen liegt Schmerz, sie sind menschlicher. Ihre zweite Nacht ist wunderschön!

Sie standen spät auf. Es war schon Zeit zum Mittagessen, und ihre jungen Mägen waren so ausgehungert, daß sie sich auf ihr Essen stürzten, ohne an irgend etwas anderes zu denken. Am Nachmittag redeten sie ein wenig mehr miteinander, aber über nichts, was sie selbst betraf.

Bald ergriff diese Betäubung wieder von ihnen Besitz. Jeder glaubte, der andere langweile sich. In diesem Moment hatten sie das traurige Bedürfnis zu fliehen, sich voneinander zu befreien. Der Tee, den sie bestellt hatten, wurde kalt, während sie sich mit hartem Blick unverwandt ansahen.

Aber die Zeit verging, und die Abfahrt des letzten Zuges würde sie – so grausam es schien – bald voneinander befreien. Wieder überquerten sie den großen menschenleeren Platz. Sie waren etwas zu früh da und gingen mit kleinen Schritten am Bahnsteig auf und ab. Sie verabredeten kein Datum, taten nichts, um ein Wiedersehen sicherzustellen.

Da war das Zeichen zur Abfahrt. Von der Trittstufe herab sah er auf Marie und umfing sie mit einem langen Blick. Sie suchte seine Augen, konnte sie aber nur noch für eine Sekunde festhalten: der Zug fuhr an. Er schloß die Waggontür, lehnte sich nicht aus dem Fenster. Unbeweglich folgten Maries Augen diesem großen gesichtslosen Zug, bis er sich ihren Blicken entzog.

12

Jean brachte aus Maubeuge die gefürchtete Nachricht mit: Im nächsten Monat sollten Marie und er für eine noch unbestimmte Zeit dorthin umziehen.

Ein Schwarm von Freunden brach über den Haushalt herein. Sie wollten die letzten Wochen nutzen, die Jean und Marie in Paris verbrachten, und belegten die beiden an sämtlichen Abenden mit Beschlag. Die Stunden vergingen mit lautstarken, sogenannten intellektuellen Diskussionen, die verkratzten Schallplatten knisterten, unablässig wurden Gläser nachgefüllt – und Marie langweilte sich zu Tode. Gegen Mitternacht oder ein Uhr riefen die anderen, der Abend könne doch nicht einfach so zu Ende gehen. Jean in seinem Vergnügungsrausch zählte die Namen von ein paar weiteren Lokalen auf. Sie schleppten sich mit nachlassender Begeisterung und müden Gesichtern durch die Stadt, hofften auf eine neue Welle des Vergnügens, als ein Freund in der Gruppe mit lautem Lachen der langen Schlange von Lastwagen der Messageries Hachette zuwinkte, die mit rasendem Tempo die Rue du Louvre entlangbrausten. Am Ende landeten sie immer bei den Pariser Markthallen, wo sich prachtvolle Gemüseberge in der eisigen Morgenluft auftürmten, die von allen lautstark bewundert wurden. Die matten Gestalten, die einander viel zu gut kannten, verlangsamten ab und zu ihren Schritt, wandten sich um und warteten auf Marie. Mit der Müdigkeit, die plötzlich alle ergriff, kamen die Melancholie und das Bedauern über ihr verpfuschtes Leben. Marius Denis ergriff Maries Arm: »Wenn Sie mal allein nach Paris kommen, halten Sie Ihre Abende für mich frei, nicht wahr?«

Claude, die in ihrem Abendkleid vor Kälte schlotterte, lehnte ihren Kopf an Maries Schulter und meinte: »Ich weiß jetzt schon, daß du mir nicht oft schreiben wirst. Aber, wenn du es tatsächlich schaffst, deine Unterrichtsstunden zusammenzulegen und dann einmal im Monat nach Paris zu kommen, kannst du bei mir schlafen. Du wirst mich doch nicht ganz mutterseelenallein lassen, oder? Sag doch was . . .«

Sie ging dicht an Marie gepreßt, ihr zierlicher, zitternder Körper ertrug die Stöße der anderen, weiter ausholenden und langsameren Gangart, die schlecht zu der ihren paßte.

Hände wurden geschüttelt, man winkte Taxis heran und wartete auf dem Bürgersteig in kleinen Grüppchen auf die nächsten Wagen.

»Marie, bald werden Sie weg sein«, sagte der große braungebrannte Junge, der ihre Hand zu lange in der seinen behielt. Sie sah ihn an, als er fortfuhr: »Sagen Sie uns bitte immer Bescheid, wenn Sie wieder herkommen.«

Und Marie spürte diese anderen Hände auf ihren Händen, Denis' Arm auf ihrem Arm und das Gewicht von Claudes geliebtem Kopf, der sich an sie drückte. Die Gegenwart begann sich bereits in ihre Zukunft hineinzudrängen. Sie biß die Zähne zusammen, damit sie ihren aufrichtigen Wunsch, einfach in Ruhe gelassen zu werden, nicht laut hinausschrie: »Bitte, bitte laßt mich!«

Bald darauf lehnte Marie jede weitere Einladung ab, und Jean nahm allein an diesen Freundestreffen teil. Manchmal ging Marie dann selbst auch weg, wanderte ziellos durch die Straßen, in dem Gefühl, die Stadt gehöre ihr allein. Sie kam immer lange vor Jean nach Hause. Dann las sie oder beschäftigte sich, fast ohne nachzudenken, mit den Vorbereitungen ihrer bevorstehenden Abreise. Sie räumte Schubladen auf, packte die ersten Koffer. Die Stunden schlichen dahin. Jean kam nicht nach Hause, und Marie litt, wenn sie sich vorstellte, wie er sich ohne sie amüsierte. Dieses Gefühl, das sie immer sehr unvermittelt überkam, gehörte noch zur egoistischen Seite ihrer Liebe. Manchmal wartete sie auf Jean, ohne sich mit irgend etwas zu beschäftigen. Wenn er dann endlich nach Hause kam, nahm sie das vertraute, erschöpfte Gesicht in ihre Hände und sagte: »Du mußt doch todmüde sein.«

»Bist du mir böse?«

»Aber nein, ich bin nicht böse.«

Jean ging zur Schlafzimmertür: »Marie, willst du nicht auch ins Bett kommen?«

»Nein, noch nicht.«

Und sie blieb wach, bis das bläuliche Morgenlicht durch die Fenster schimmerte. In sich selbst zurückgezogen, ganz allein inmitten einer abgenutzten Vergangenheit, in der sie doch einiges Schöne geschaffen hatte. Jean und Claude ... Bindungen, die nicht sterben wollten, die in einem letzten Kampf verzweifelt zusammenhielten, während andere bereits im Begriff waren, ihren Platz einzunehmen.

»Bitte, bitte laßt mich!« Am liebsten würde sie es ihrer gesamten Umgebung zurufen. Wie sehr wünschte sie sich, sie hätte weder Vergangenheit noch Zukunft. Doch während sie sich noch an der Asche des Vergangenen verbrannte, regte sich in ihr bereits dieses Neue, Namenlose, das von ihr Besitz ergriff wie ein warmes wildes Tier.

Eines Abends, als sie in ihrem Arbeitszimmer Papiere sortierte, die sie mitnehmen wollte, fand sie einen alten Brief, den sie vor langer Zeit an Claude geschrieben hatte. Sie erinnerte sich, ihn verfaßt zu haben, als sie einmal einige Ferientage allein bei Freunden ihres Vaters verbracht hatte.

Mit folgenden Worten hatte sie ihre Reise in die Provinz beschrieben: »Und plötzlich das Bedürfnis, allein zu sein. Ich tue alles mögliche, nur um das Zugabteil für mich allein zu haben: ziehe die Tür zum Gang zu, schließe die Vorhänge. Jemand versucht die Tür aufzumachen, probiert es hartnäckig immer wieder. Aber schließlich höre ich durch die geschlossene Tür eine Stimme sagen: ›Ach, gib's auf!‹ Welche Freude, in diesem Zug, der immerhin zu drei Vierteln besetzt ist, allein sein zu können! Bald findet mein Leben irgendwo anders statt, schon morgen, am anderen Ende der Schienen.« Sie berichtete Claude, was sie in den letzten Tagen, weit von ihr entfernt, erlebt hatte, wie sehr sie es genossen hatte, eine unbekannte Stadt zu entdecken: »Das Schöne an der Stadt ist, daß sie so massiv wirkt, ihre Schönheit liegt in ihrer Unerschütterlichkeit, den stillen Straßen, der Regelmäßigkeit der großen Häuser, den ordentlich aufgereihten Lichtern. Die Nacht hat keine Farben und weckt keine Erwartungen. Eine erstarrte Ruhe steigt aus dieser Stadt auf, die ich allmählich liebgewinne, die ich wegen ihrer stillen, gefährlichen Schönheit fast schon zu sehr liebe.«

Sie war noch sehr jung, als sie diesen Brief schrieb, doch Marie mochte ihn sehr, weil sie in ihm ihre ganze Jugend wiederfand. Ihre Sehnsucht nach Einsamkeit, nach einem intensiven Leben und auch die Angst, zu sehr zu lieben. Sie mochte auch diese jugendliche Unbeholfenheit, die doch schon voller Anmut war. Die Beschreibung dieser Provinzstadt ließ sie an eine andere Stadt denken. In Maries Herzen überlagerten sich die Bilder: auf einmal glichen sie einander wie zwei Schwestern.

Sie las die kurzen, bisweilen abgehackten Sätze, die typisch für den Briefstil der beiden Schwestern waren.

Sie wirkten wie zufällig hingeworfen, enthielten jedoch immer subtile Anspielungen auf Dinge, über die Marie und Claude sich unterhalten hatten und die deswegen eine tiefere Bedeutung besaßen: »Das glanzvolle Leben: Patzer sind hier nicht erlaubt. Das Leben ist die Wirklichkeit, sie läßt der Phantasie keinen Platz. Ich muß an ein Buch denken, das ich sehr gerne mag und das mit dem Satz endet: ›Vorsicht vor großen Freitreppen.‹«

Es war ein Buch, über das Claude und sie oft gesprochen hatten, und dieser Satz hatte Marie durch ihre ganze Jugend begleitet. Was hatte sie Claude damit erklären wollen, als sie ihn an jenem Tag zitierte? Sie hatte den Brief nicht zu Ende geschrieben. Verwirrt folgte sie mit den Augen der hastigen Schrift, in der sie diesen letzten Satz hingeworfen hatte. In ihr war noch nicht die Handschrift der erwachsenen Frau zu erkennen. Ach, sie wußte jetzt, wie es war, wenn man sich die Stirn auf der untersten Stufe einer Freitreppe aufschlug, und welch tiefe Wunden man davontragen konnte... Doch ebenso genau wußte sie, daß sie sämtliche Mythen aus ihrem Leben verbannt hatte. Nur was von der Vergangenheit erhalten blieb, war real und mußte anerkannt werden, denn es existierte tatsächlich. Und vor ihr lag ein schönes, ein gefährliches Schicksal: trotz seiner Gefahren mußte sie ihm mit offenem Herzen begegnen: Denn ein Mensch ist nicht, er wird.

Während Marie sich diesen Gedanken hingab, hielt

sie die Blätter, die sie gerade gelesen hatte, noch immer in den Händen und beugte ihr schönes dreißigjähriges Gesicht über diesen Brief, den sie mit siebzehn geschrieben hatte. An diesem Abend war sie erfüllt von einer heiteren Ruhe. Das Bild von einst, das sie jetzt wieder vor Augen hatte, schien im Licht der Gegenwart einen neuen Sinn zu erhalten.

Marie fühlte sich, als stände sie auf der obersten Stufe einer Freitreppe, als hielte sie eine Lampe in der Hand, die ihr den Weg erleuchtete, so daß sie sicher hinuntersteigen konnte.

— 13 —

»Jean, nehmen wir den kleinen Sekretär auch mit?«

»So wenig wie möglich, das weißt du doch. Aber, na gut, von mir aus, nimm ihn mit.«

»Er ist doch so hübsch.«

»Ja, nehmen wir ihn mit. Die Untermieter könnten ihn beschädigen.«

Jean und Marie hatten ihre Wohnung nicht aufgegeben. Der gegenwärtige Stand der Geschäfte hatte sie gezwungen, die günstigste Lösung zu suchen: in Maubeuge würden sie ein Stockwerk im elterlichen Haus bewohnen, und da sie dort nur wenige ihrer eigenen Möbel brauchen würden, konnten sie ihre Wohnung in Paris untervermieten. Marie zog die Schubladen des Sekretärs auf und leerte sie. Sie ergriff das Möbelstück am Rand der Platte und trug es mit ihren kräftigen Armen ins Nebenzimmer, wo sie es zwischen die gefüllten Wäsche- und Geschirrkörbe stellte. Sie schnaufte ein wenig, während sie die fertig gepackten Koffer ansah, die darauf warteten, weggetragen zu werden.

Aus Paris wegzuziehen, um in Maubeuge eingesperrt zu sein ... Düstere Tage standen ihr bevor, und es würde kein Entrinnen geben. Marie verließ das

Zimmer, um gleich darauf mit einem Stapel von Büchern wieder zurückzukommen. Sie schichtete sie flach in einen Koffer, der erst zur Hälfte gefüllt war, deckte sie mit einem Handtuch ab, hielt noch einmal inne. Sie mußte einen Weg finden, Maubeuge zu entfliehen, mußte kleine Fluchten planen... Ja, sie könnte tatsächlich ihre Unterrichtsstunden zusammenlegen und regelmäßig nach Paris kommen: mit jedem Schüler alle vierzehn Tage eine Doppelstunde. Die Eltern wären sicherlich damit einverstanden. Wenn sie alles auf den Donnerstag legen würde: einen Schüler am Morgen und zwei am Nachmittag, vielleicht sogar drei. Sie wollte so viele Schüler wie möglich haben.

Sie würde Maubeuge mit dem ersten Zug verlassen und käme am Abend wieder zurück. Selbst wenn sie die Reisekosten abziehen würde, bliebe immer noch genügend Geld übrig, und niemand könnte etwas dagegen haben. Sie könnte außerdem Artikel für die Zeitschrift schreiben; so wäre selbst Denis noch für etwas gut, Pech für ihn. Sie würde Jean fragen, ob sie von dem Geld, das sie verdiente, einen kleinen Teil für sich selbst behalten dürfte. Und so könnte sie einmal im Monat oder wenigstens alle zwei Monate etwas länger in Paris bleiben, als es für den Unterricht unbedingt nötig wäre. Einen Tag, vielleicht auch zwei, wäre sie dann allein in Paris, ohne daß irgend jemand sich um sie kümmerte oder Forderungen an sie stellte. Allein sein, ohne einen anderen Zeugen als sich selbst.

Und dann ... Aber das war ja schon die Zukunft. Sie durfte nicht weiter planen, sich nichts vorstellen. Die Zukunft würde sich ganz von selbst einstellen, von einem Tag zum nächsten.

Sie würde kämpfen, das wußte sie genau. Der morgige Tag konnte schön werden, aber heute war heute. Die Gegenwart forderte von ihr, daß sie diesen Umzug hinter sich brachte und Jean nach Maubeuge folgte, weil ihre Liebe zu ihm so groß und so tief war. Die Zukunft würde schön werden, aber die Gegenwart zählte genauso: Kofferpacken, abreisen und düstere Tage in Maubeuge erleben ... Nur Mut, sieh nach vorne, Marie.

Sie kniete noch immer vor dem Weidenkoffer und kontrollierte, ob die Bücher auch alle gut verstaut waren, bevor sie den Deckel zumachte und mit einem Eisenstift verschloß. Als sie sich erhob, stützte sie ihre Hände mit ganzer Kraft auf dem Koffer ab, so daß das Weidengeflecht knarrte.

Sie ging zu Jean, der gerade die Papiere in seinem Schreibtisch sortierte. Als er sah, daß sie sich im Zimmer umschaute, als wolle sie sichergehen, nicht irgend etwas Wichtiges zu übersehen, wies er mit dem Finger in eine Ecke des Zimmers und fragte: »Nehmen wir das auch mit?«

»Natürlich«, sagte sie, »das werden wir brauchen.«

Sie lächelte und trug das Schachspiel aus poliertem Holz vorsichtig vor sich her ins andere Zimmer hinüber. Jean hielt sie fest, als sie an ihm vorbeiging, und schnitt eine Grimasse: »Wir werden uns zu Tode langweilen, meinst du nicht?«

Marie beugte sich zu ihm hinunter und drückte ihm einen dicken Kuß auf die Backe: »Aber nein«, antwortete sie, »uns ist doch nie langweilig, wenn wir zusammen sind.«

Jean und Marie verließen Paris mit dem Abendzug. Mit großer Geschwindigkeit brachte er sie immer weiter von der Stadt weg. Wenn man aus dem Fenster schaute, sah man nichts. Hin und wieder blitzten einige Lichter auf und setzten Markierungen in die unsichtbare Landschaft. Die Entfernung verringerte sich nicht, sie wuchs. Marie spürte, wie ein Kilometer zum anderen kam. Die Dinge, die hinter ihr lagen, wurden winzig klein.

Sie sah den Mann an, der ihr gegenüber saß. Er beugte den Kopf über eine Zeitung. Marie betrachtete sein starkes Kinn, sein dichtes, kräftiges Haar. Beim Lesen hatte er eine Augenbraue hochgezogen und die Stirn in Falten gelegt. Ihr Mann: sie erwartete nicht mehr, mit ihm die Freuden oder Leiden der Liebe zu erleben. Was sie für ihn empfand, war eine Art freundschaftlicher Liebe, an der auch ihr Körper Anteil hatte: Sie wünschte ihm seelisches wie körperliches Glück. Er war ihr geliebter Bruder. Er war ein Freund, dessen Gesicht, Arme, Beine, Adern, dessen Blut und alles, was ihn am Leben erhielt, ihr lieb und teuer waren – wie sie zugleich auch eine Quelle des Schmerzes für sie sein konnten. Ihr Mann – dieses Wort hätte auch bedeuten können: Trunkenheit, Begierde, Liebe – wie unendlich schön erschien ihr diese Vorstellung. Gleichgültigkeit – das wäre einfacher gewesen. Doch weder das eine noch das andere traf zu. Es war etwas ganz anderes – und das war leider nicht zu ändern. Vielleicht war es auch besser so, man konnte es nicht wissen. So war es nun einmal. Unterdessen wuchs die Entfernung immer weiter.

»Jean, ist dir nicht kalt?«

Er hob den Kopf: »Nein, und dir, Liebste?«

»Nein.«

Er beugte sich wieder über seine Zeitung.

Nein, ihr war nicht kalt. Ihre Stirn brannte, und weder ihre Hände noch ihre Schultern, noch ihre Beine waren kalt. Nur in ihrem Herzen herrschte Eiseskälte: ein Eisklumpen in ihrem Inneren, der sie so sehr schmerzte.

Sie lehnte den Kopf an die Abteilwand und schloß die Augen. Lege deine Hände auf mein Herz, mein Liebster. Sage nichts. Du kannst es nicht sagen. Alles ist so weit entfernt. Ein eiserner Vorhang, Stille, Abschied ohne Wiederkehr. Doch dieses warme Tier, das sich in mir regt? Das einen Namen fordert. Sage nichts. Es kann sich nicht bewegen. Der Zug fährt immer weiter... alles Lebendige, alle Orte sind dort hinten verschwunden, irgendwohin... Was soll's, »bald findet mein Leben irgendwo anders statt, am anderen Ende der Schienen«. Das Tier soll sich verkriechen und, von der Kälte durchdrungen, in Lethargie versinken. Still. Leer. Ein Herz aus Eis. Aber es ist nicht mein Herz! Das ist ganz bestimmt nicht mein Herz! Sei still. Alles ist so weit entfernt. Und die Entfernung wird immer kleiner: Maubeuge kommt immer näher. Nun gut. Wo ist nur all die Liebe dieser Welt geblieben?

Lautlos sprühte ein feiner Regen seine Tropfen auf die Waggonfenster. Jean hob den Kopf und sagte: »Und schon geht's los. Immer wenn ich von Paris aus diese Strecke fahre, fängt es in dieser Gegend zu regnen an. Ich hab's dir doch gesagt.«

Marie sah hinaus. Die nassen Fenster verbargen nur eine Nacht ohne Lichter. Sie schloß die Augen wieder.

Es regnet in Saint-Quentin, in Maubeuge, in Feignies. Es ist ein trauriger, sanfter Regen, der über Belgien noch etwas dichter fällt und bis zum Ende der Ardennen nicht mehr aufhört. Dort, wo die Erde herb und rötlich ist, wo die Regenwolken aussehen wie Nebel und bis zu den Zweigen der schwarzen Fichten herabsinken. Wenn der Zug doch an Maubeuge vorbeifuhre, immer weiter und weiter ... Beruhigen sich die Herzen im melancholischen, regnerischen Norden mit seinen verblichenen Farben, den endlosen, einsamen, trostlosen Sumpflandschaften?

Vielleicht geht der Regen auch noch weiter: bis zu dem mächtigen Fluß, dessen kahle, verlassene Felseninseln Namen von Wagnerschen Göttinnen tragen. Inmitten all dieser Resignation, all dieses Scheiterns könnte mein Herz sich vielleicht sogar damit abfinden zu sterben.

»Marie, wach auf, wir sind in Maubeuge. Du hast fast die ganze Fahrt verschlafen! Dieses Räumen und Kofferpacken war viel zu anstrengend für dich.«

»Ach, Jean, das hat mir nichts ausgemacht.«

»Doch natürlich. Aber hier wirst du dich jetzt erholen.«

Marie holt das Gepäck aus dem Gepäcknetz herunter und knöpft ihren Mantel zu. Jean wischt die Fensterscheibe ab, drückt seine Stirn an das Glas und schirmt die Augen mit der Hand ab, um nach irgendeinem Anhaltspunkt Ausschau zu halten.

»Es dauert noch ein paar Minuten.«

Marie setzt sich nochmals, die geöffneten Hände auf ihren Knien, und wartet müde und mit leerem Kopf.

Auf dem Bahnsteig sah Jean sich in der Menschenmenge um. Plötzlich sagte er erfreut: »Vater ist da!«

Marie umarmte Jeans Vater, ließ sich einen Koffer aus der Hand nehmen und sich von ihm fortziehen. Sie gingen am Bahnhofsrestaurant vorüber. Marie wäre gerne hineingegangen, um einen Kaffee zu trinken und eine Zigarette zu rauchen. Aber sie hätte diesen Gedanken nicht aussprechen können, ohne sich lächerlich zu machen. Der Vater sagte: »Es ist nicht weit. Wir können zu Fuß gehen.«

Marie blieb ein wenig hinter ihnen zurück. Mit den Worten: »Auf Kinder! Ihr werdet zu Hause erwartet!« schob der Vater Marie vorwärts. Er und Jean unterhielten sich, tauschten Neuigkeiten über die Entwicklungen in der Fabrik aus. Es war schon spät, sie gingen durch eine Stadt, die in der Nacht öde und verlassen wirkte. An einer Straßenecke erblickte Marie ein kleines Café, dessen Front erleuchtet war. Wieder verspürte sie den seltsamen Drang hineinzugehen, einen Kaffee zu trinken und eine Zigarette zu rauchen. Sie würde von den Gesprächen der Männer an den Nebentischen einzelne Bruchstücke aufschnappen, sie wieder zusammensetzen und sich vorstellen, wie sie wohl lebten.

Vor ihnen tauchte die Fabrik aus der Nacht auf, drei schwarze, stumme Silhouetten hinter einem hohen Eisenzaun. Sie gingen an dem Zaun vorüber, umrundeten einen gewaltigen Haufen von Alteisen oder Koks – in der Dunkelheit konnte man es nicht genau erkennen. Dann folgten sie einer langen, fensterlosen Mauer und erreichten das Haus, das sich an den plumpen, massigen Fabrikbau anlehnte.

Jeans Mutter kam ihnen schon im Eingang entgegen. Die kleine, rundliche Frau lief aufgeregt hin und her und umarmte sie immer wieder mit naiver Freude. Dann mußten sie ins Haus gehen, wo sie ihnen die Mäntel abnahm. Sie sah Marie an und meinte: »Immer, wenn ich dich sehe, kommt es mir vor, als wärst du noch ein Stück gewachsen.«

Marie ließ sich anschauen, ließ sich umarmen. Im Haus herrschte ein unangenehmer, muffiger Geruch. Sie fragte sich, ob er vom Haus selbst kam oder ob es der ölige Maschinengeruch aus der Fabrik war, der bis hierher drang. Die kleine Frau redete weiter auf sie ein: »Und was das Kochen angeht, da werden wir uns schon einigen. Es ist nicht nötig, daß du dir in deiner Wohnung auch noch mal die Arbeit machst. Wir kochen einfach einen großen Eintopf für uns alle. Ist es euch lieber zum Mittagessen oder abends?«

Marie ging auf diese Frage überhaupt nicht ein, sie zwang sich nur zu einem Lächeln und wandte den Kopf ab. Diese Hände würden ihr helfen wollen, diese Augen würden all ihre Gesten verfolgen, dieser Mund würde von morgens bis abends auf sie einreden; dieses Herz würde verlangen, daß sie alle Hausarbeiten gemeinsam verrichteten. Sie empfand Abscheu für diese Frau, die plötzlich als Zeuge in ihr tägliches Leben eindrang. Jean sah sie an, bemerkte, daß sich ihre Gesichtszüge verhärtet hatten, und dachte: »Sie könnte wirklich ein wenig geselliger sein.«

Aber Marie hatte sich schon wieder gefangen. Sie hatte Jeans Blick gesehen und bemerkte jetzt, daß die kleine, grauhaarige Frau ganz verwundert darauf wartete, daß man sich über das freute, was sie eben gesagt hatte. Es gelang ihr, sie etwas freundlicher anzulächeln und zu antworten: »Wie lieb von dir, Mutter, daß du uns so spät noch ein warmes Essen gekocht hast.«

Vor dem Essen brachten Jean und Marie ihre Koffer in den ersten Stock hinauf, wo sich die Zimmer befanden, die sie bewohnen sollten. Ihr Schlafzimmer war alles andere als hübsch. Die ältliche Einrichtung hatte etwas Tristes. Marie sah sich um und fragte sich, wie sie das alles verändern könnte. Jean hatte sich auf den Bettrand gesetzt. Traurig schwieg er, die Stimmung bedrückte ihn, und auf einmal war ihm alles verdorben. Marie ging auf ihn zu: »Hör mal, jetzt laß es dich doch nicht verdrießen«, sagte sie. »Wir werden das schon überstehen ... Es sind bestimmt nur ein paar Monate ... Wir machen das Beste daraus. Und falls es doch länger dauern sollte und du dich hier gar nicht wohl fühlst, können wir uns ja eine Wohnung mieten. Außerdem werde ich einiges verändern. Du wirst sehen, in ein paar Tagen sieht's hier schon viel hübscher aus.«

Er sah sie an und fühlte sich ein wenig getröstet. Sie faßte ihn an den Handgelenken und drückte ihn rückwärts auf das Bett.

»So, Monsieur, jetzt wird gelacht. Ich werde Sie schon zum Lachen bringen. Ein bißchen schwedische Heilgymnastik.«

Sie streckte seine Arme nach oben, nach unten, nach links und nach rechts und führte sie wieder zur Brust zurück. Sie ließ ihn los und fuhr mit ihrer Hand auf dem Stoff seines Hemdes entlang, an den Seiten herunter, kitzelte ihn, packte wieder seine Handgelenke und begann mit dem Spiel von vorne: »Eins, zwei, eins, zwei ...«

Sie gerieten außer Atem. Jean lachte wie ein Kind. Sie kletterte auch auf das Bett, setzte sich neben ihn und bedeckte sein ganzes Gesicht, das Kinn, die Wangen, die Stirn, mit vielen kleinen Küssen. Sie fuhr ihm mit beiden Händen durch das Haar und zerzauste es. Als sie ihn dann ansah, mußte sie lachen. Sie ließ ihren Kopf an seine breiten Schultern sinken. Ihre linke Hand lag noch immer in Jeans Haar, unter ihrer rechten spürte sie seinen regelmäßigen Herzschlag. Sie richtete sich plötzlich auf und sagte mit fester Stimme: »Und was ist mit dem warmen Abendessen deiner Mutter?«

Sie standen auf und mußten wieder über Jeans Wuschelkopf lachen, als sie in den Spiegel sahen.

»Kämm dich rasch, und geh schon runter. Ich komme gleich nach«, sagte Marie.

Nachdem er die Tür hinter sich zugezogen hatte, setzte Marie sich wieder auf das Bett, bedeckte ihr Gesicht mit beiden Händen und schluchzte. Mit tränenerstickter Stimme flüsterte sie in ihre Hände hinein: »Du sollst nicht so weinen... Das ist nicht gut...« Weil sie fürchtete, Jean könnte heraufkommen, um sie zum Essen zu holen, ging sie zur Tür, tastete nach dem Schlüssel und drehte ihn um. So blieb sie stehen, die Stirn an die Arme gedrückt, die sie vor der Tür verschränkt hatte. Jetzt war sie allein. Endlich konnte sie sich diesem Schmerz hingeben, der sie ganz beherrschte.

Noch immer schluchzend ging sie zum Waschbekken, brachte ihr Haar in Ordnung, puderte sich das Gesicht und bemühte sich, eine fröhliche Miene zu machen. Sie schloß die Tür auf und stieß einen tiefen Seufzer aus, so als wollte sie sich eines letzten, tränenlosen Schluchzens entledigen.

Unten hatte man mit dem verspäteten Abendessen auf sie gewartet. Als Marie sich an den Tisch setzte, war ihr Gesicht ruhig und fast heiter, so daß es auch für Jean ein Trost war, wenn er sie ansah.

Am nächsten Morgen brachte ein Lastwagen den Sekretär, einige Koffer und ein oder zwei weitere Möbelstücke. Marie überwachte das Ausladen dieser Dinge und packte trotz der Kälte mit blaugefrorenen Händen an, um sie ins Haus zu schaffen. Sie stellte die Möbel an ihren Platz und sortierte Wäsche, Geschirr und Bücher ein. So verging der Tag. An den folgenden Tagen räumte sie weiter, fegte, hämmerte, hängte Bilder an die Wände. Als Jean die vertrauten Dinge in der Wohnung sah, war er gleich zufriedener, und bald kehrte seine gute Laune zurück. Marie hingegen spürte, daß trotz dieser äußerlichen Veränderungen in der Wohnung in ihrem Inneren alles gleichblieb.

Eines Morgens gegen sechs Uhr wurden Jean und Marie vom Klingeln des Telefons geweckt. Es war ein langes, schepperndes, drängendes Klingeln.

»Wahrscheinlich ein Ferngespräch«, sagte Jean, während er aus dem Bett stieg.

Dieses Wort brachte Marie völlig aus der Fassung. Sie richtete sich auf und wollte zum Telefon laufen, aber Jean hielt sie zurück.

»Laß nur, ich geh' schon. Wenn es für Vater ist, rufe ich herauf, dann holst du ihn bitte.«

Sie hatte nicht den geringsten Grund, so aufgeregt zu sein. Es war ganz unmöglich, daß es *das* war. Doch das Gefühl war stärker als sie, ihr Herzschlag raste. Sie wartete voller Ungeduld. Das Klingeln hörte auf. Marie hörte Jean mit ruhiger, sachlicher Stimme sagen: »Ja, ich höre ... Ja ... Ja. Ich bin es. Was gibt es denn?«

Dann fuhr die Stimme ungläubig fort: »Hör mal, bist du sicher, daß sie nicht schläft?« Etwas lebhafter und mit besorgtem Ton sagte er schließlich: »Ja ... Ja. Dann gibt es wirklich keinen Zweifel ... Ja ... Was hat sie denn genommen? ... Du weißt es nicht? Hat sie vielleicht etwas Verdorbenes gegessen? Ach, das ist eher unwahrscheinlich – du Armer ...« Die Stimme klang jetzt wieder etwas entschiedener: »Man kann nur hoffen, daß es wieder wird ... Ja, natürlich ... Rufe sofort an, wenn sich an ihrem Zustand auch nur das Geringste ändert ... Sag ihrer Mutter lieber noch nichts davon ... Nein, dem Vater auch nicht. Marie wird entscheiden.«

Nach diesen letzten Worten war Marie auf einmal alles klar. Claude! Sie stürzte die Treppe hinunter, riß Jean den Hörer aus der Hand und rief in wildem Schmerz hinein: »Was hat sie genommen? Durchsuche um Gottes willen ihr Zimmer!«

Doch sie hörte nur noch ein leises Knistern in der Telefonleitung. Claudes Mann hatte eingehängt. Jean sagte: »Er weiß nicht, was sie genommen hat, aber der Arzt wird gleich da sein. Er wird es schnell herausbekommen... Als Armand gestern spätabends nach Hause kam, hat er gedacht, sie schläft. Er ist ins Bett gegangen und hat erst heute morgen gemerkt, daß ihr Schlaf nicht normal war. Er hat einige Minuten damit verloren, daß er versucht hat, sie aufzuwecken. Dann hat er den Arzt angerufen und anschließend gleich uns.«

Marie unterbrach ihn: »Um wieviel Uhr fährt der nächste Zug nach Paris?«

»Um halb, aber den wirst du nicht mehr kriegen, mein armer Liebling. Du mußt den um...«

»Ich werde ihn kriegen.«

Sie ging schnell ins Schlafzimmer zurück, warf den Mantel über ihr Nachthemd und zog sich die Schuhe an. Dann nahm sie einen kleinen Koffer, der noch im Zimmer herumstand, stopfte ihre Wäsche und ein Kleid hinein und sah in ihrer Handtasche nach, ob sie genügend Geld für die Reise hatte.

»Ich rufe dich aus Paris an«, rief sie Jean zu.

Und dann rannte sie den ganzen Weg bis zum Bahnhof.

14

Sie hatte sich einfach auf irgendeinen Platz im erstbesten Wagen gesetzt. Nach und nach kam sie wieder zu Atem.

Heute lagen die Wiesen, Fabriken, Bahnhöfe und Dörfer in hellem Sonnenlicht. Doch Marie sah nicht aus dem Fenster. Dieses plötzliche Bedürfnis nach Aktivität, diese Hast, dieser Lauf zum Bahnhof – wozu das alles? Sie konnte ja doch nichts mehr verhindern. »Sag schon, antworte mir doch!« Marie preßte ihre Stirn an die Scheibe. Sie sah aus dem Fenster, ohne auch nur irgend etwas wahrzunehmen. Sie bemerkte noch nicht einmal, daß ihr Kopf immerzu gegen die Scheibe stieß. Auf einmal verspürte sie ein beinahe schmerzliches Bedürfnis nach dem Geschmack und dem leichten Brennen von inhaliertem Zigarettenrauch. Vor allem jedoch verlangte ihr Blut nach Nikotin. Doch sie hatte keine Zigaretten mitgenommen.

Ihr fiel ein, daß sie Wäsche und ein Kleid eingesteckt hatte. Sie könnte zur Zugtoilette gehen, sich anziehen und die Zähne putzen. Danach würde sie sich bestimmt besser fühlen. Aber sie rührte sich nicht vom Fleck, zog nur die beiden Teile ihres Mantels über ihren zusammengepreßten Knien etwas fester übereinander. Was hatte Claude wohl genommen? Armand hatte keine Ahnung, aber sicherlich hatten sie es inzwischen herausgefunden.

Aber spielt es denn wirklich eine Rolle, was sie genommen hat? Ja, es spielt eine Rolle. Gift, Gas, ins Wasser gehen, das sind die Methoden der Frauen. Nur wenige haben den Mut, zum Revolver zu greifen. Vor allem aber haben nur wenige Frauen den Mut zum Leben...

Marie spürte auf einmal eine dumpfe Wut in sich hochsteigen, die einer tiefen Empörung entsprang. Selbstmord, weil das Leben zu schwierig wird, dachte sie, oder Selbstmord, weil der Schmerz zu groß ist... Verweigerung des Kampfes, Verweigerung der Einsamkeit, Verweigerung des Leidens – Verweigerung auf der ganzen Linie! Wenn Frauen sich in die Enge getrieben fühlen, wenn sie zu sehr leiden, ziehen sie sich stillschweigend aus der Affäre. Sie stehlen sich davon – ins Nichts, in der Hoffnung, Frieden zu finden. Spüren sie denn nichts in sich selbst, das sie zurückhält, das von allem übrigen unabhängig ist, das sie einzigartig macht und sie hindern würde, sich selbst zu vernichten? Etwas so Kostbares, daß sie es vor sich hertragen müßten, wie ein Priester eine Monstranz.

Marie hatte den Kopf wieder zum Waggonfenster gewandt. Die Landschaft raste vorbei und entzog sich den Blicken dieser Frau mit der hohen, klaren Stirn, den weit aufgerissenen, blitzenden Augen. Drängende

Gedanken, präzise wie Befehle, hämmerten mit Entschlossenheit und Wut auf sie ein, traktierten Herz und Seele. »Wir sind schließlich für uns selbst verantwortlich. Der Tod ist unser Feind, man muß gegen ihn kämpfen bis zum letzten Atemzug, so lange, bis er einen mit Gewalt holt und man sich geschlagen geben muß. Sich selbst aufzugeben ist ein Verbrechen. Man darf nicht einfach desertieren. Wir stehen auf der Seite des Lebens.«

Und ausgerechnet Claude hatte aus einem Gefühl des Scheiterns diesen verzweifelten Schritt getan. Sie sah das schmale, unglückliche Gesicht vor sich, das sie so sehr liebte, den zaghaften, zögernden Schritt. Sie erinnerte sich an den schönen, sonnigen Morgen, an dem Claude sich über die Kälte beklagt und Marie für sie Feuer gemacht hatte. Marie dachte nicht weiter nach. So wie sie vorhin aus dem plötzlichen Bedürfnis heraus, bei ihr zu sein, die Treppe hinuntergestürzt und losgefahren war, so hatte sie auch jetzt nur noch einen einzigen Gedanken, ein einziges Bedürfnis. Sie schloß die Lider über ihren Augen, in denen Tränen brannten. Der Zug sollte schnell fahren, noch schneller. Sie wünschte sich, den schmalen, warmen Körper mit ihren Händen zu berühren, wünschte sich, daß noch Leben in dieser kindlichen Brust war.

Eine Tür öffnete sich. Jemand ging durch den großen Waggon, der keinen Korridor hatte, wie es bei den Zügen im Norden üblich war. Es entstand ein wenig Unruhe, ein oder zwei Personen mußten aufstehen.

Der Zug hielt auf halber Strecke an. Auch die Leute, die weiterfuhren, standen auf und vertraten sich die Beine. Sie stellten sich ans Fenster, schoben es auf und sahen auf den Bahnhof hinaus. Marie hielt es nicht länger aus: Sie wandte sich an einen Mitreisenden und bat ihn mit besonderer Höflichkeit um eine Zigarette. Er bot ihr eine an und gab ihr Feuer.

»Allein zu reisen macht keinen Spaß«, sagte er. »Es fehlt die Unterhaltung.«

Doch da er bemerkte, daß Marie sich wieder wortlos in ihre Ecke zurückgezogen hatte und nervös an ihrer Zigarette zog, wagte er nicht, sie nochmals anzusprechen.

Endlich fuhr der Zug weiter.

15

Als Marie das Schlafzimmer betritt, drehen Armand und der Arzt sich zu ihr um. Sie geht ohne ein Wort zum Fußende des Bettes. Sie hat erwartet, Claude leichenblaß zu sehen, doch nur ihre Stirn ist bleich, die Wangen dagegen sind rot, von einem dunklen, fast violetten Ton. Sie liegt auf dem Rücken und ist halb entkleidet. Sie bewegt sich nicht, doch Marie sieht mit einem Blick, daß sie noch lebt.

»Wir kämpfen schon seit zwei Stunden um sie«, sagt Armand mit Verzweiflung in der Stimme.

»Sie liegt im Koma«, sagt der Arzt, als handele es sich dabei um etwas ganz Natürliches.

Marie sieht die Schüssel mit Wasser, das nasse Handtuch, die aufgebrochenen Ampullen und die mit der Nadel nach oben auf ihrer Schachtel liegende Spritze. Ihr Blick wandert von diesen Gegenständen zu Claude und von Claude zurück zum Arzt. Sie sucht seine Augen, um darin zu lesen. Doch er würdigt die beiden, die da vor ihm stehen, keines Blickes, sondern beugt sich über die Gestalt im Bett. Mit Daumen und Zeigefinger zieht er ihre Lider auseinander. Auf einmal begreift Marie, woher die Röte auf den Wangen rührt: Der Arzt schlägt sie mit immer kräftigeren Schlägen, abwechselnd auf die linke und die rechte Seite, so daß ihr kleiner Kopf zwischen seinen großen Männerhänden hin und her fliegt. Marie preßt die Zähne zusammen, als sie das sieht, und klammert sich mit den Händen an das Fußteil des Bettes. Als er endlich aufhört, öffnet er noch einmal ihre Lider und fühlt am Handgelenk den Puls. Marie sagt noch immer nichts. Sie denkt auch nichts, aber jede seiner Gesten trifft sie mitten ins Herz. Er murmelt, als spräche er zu sich selbst: »Dabei hat sie sich doch vorhin bewegt.«

Noch einmal nimmt er Claudes Handgelenk zwischen seine Finger und hält es lange fest. Er richtet sich wieder auf, macht mit seinen Lippen ein merkwürdiges Geräusch, so als wolle er sich zerstreuen. Doch gleich darauf greift er mit einer abrupten Bewegung zu seinem Rezeptblock und schreibt einige Wörter darauf. Er sieht Marie mit prüfendem Blick an und streckt ihr das Blatt entgegen.

»Gibt es hier in der Nähe eine Apotheke?«

»Etwa zehn Minuten von hier.«

Er hebt die Hand in Maries Richtung; sie spürt, er zögert noch. Man hört ihn laut nachdenken: »Hinweg, Rückweg, die Zeit, bis es angewärmt ist...« Dann zuckt er mit den Schultern.

»Nein, bringen Sie mir lieber lauwarmes Wasser, Kochsalz und die Injektionsspritze.«

Marie geht zuerst ins Badezimmer und läuft dann in die Küche.

Armand erhebt sich aus seinem Stuhl. Er nähert sich dem Bett und fragt: »Stimmt etwas nicht?«

»Doch, doch. Alles in Ordnung.« Was einfach nur bedeutet: »Setzen Sie sich gefälligst wieder hin, und lassen Sie mich in Ruhe.«

Armand hatte Claude nie wirklich verstanden. Vor neun Jahren war sie als junges Mädchen in das Leben des damals Vierzigjährigen eingebrochen; Claudes Lebhaftigkeit und Phantasie hatten ihn begeistert. Er ließ ihr fast all ihre Launen durchgehen, weil sie ihn immer wieder überraschte. Wenn er spürte, daß sie unzufrieden war, oder wenn sie litt, setzte er sich hin, stützte die Hände auf die Knie und sah sie mit angsterfüllten Augen an wie ein hilfloser alter Mann. Armand war bestimmt kein schlechter Kerl. Er war eher zu bedauern. Kaum fünf Minuten, nachdem der Arzt sie losgeschickt hat, kommt Marie mit den verlangten Dingen ins Zimmer zurück.

»Legen Sie das auf den Tisch«, sagt er, indem er auf die Injektionsspritze deutet.

»War sie sauber?«

»Ich habe sie mit kochendem Wasser ausgespült, bevor ich das lauwarme Wasser hineingetan habe.«

Maries Stimme ist ruhig, ihre Bewegungen sind sicher und präzise. Ihr Gesicht ist wie versteinert. Das ungekämmte Haar, das ihr in plattgedrückten Locken in die Stirn hängt, läßt es noch härter, fast brutal erscheinen. Sie wirkt zwar unbeteiligt, ist jedoch von einer erschreckenden Blässe.

Der Arzt bereitet die Kochsalzlösung vor.

»Drücken Sie jetzt den Schlauch fest zusammen«, sagt er zu Marie, während er die Klemme aus Hartgummi abnimmt.

Er hat nur wenige Sekunden gebraucht, um verschiedene Schläuche und eine Nadel zusammenzustecken. Claude liegt entblößt vor ihnen, das Nachthemd ist bis zu den Leisten hochgeschoben. An ihren mageren Beinen stehen die Kniescheiben wie zwei kleine spitze Höcker hervor. Ihre Haut ist noch immer leicht gebräunt. Der weiße Streifen in der Mitte der Schenkel zeigt, wie weit die kurzen Hosen reichten, die Claude noch vor drei Monaten in den Ferien trug.

»Lassen Sie jetzt den Schlauch los und halten Sie die Spritze nach oben.«

Marie gehorcht.

»Ich hätte Sie bitten müssen, einen Nagel und einen Hammer zu holen.«

»Es wird auch so gehen«, antwortet sie. »Ich würde zu lange dafür brauchen.«

Beide haben inzwischen vergessen, daß auch Armand noch im Zimmer ist.

»Halten Sie es etwas höher ... Ja, so ist's gut.«

Das Wasser läuft mit unendlicher Langsamkeit, im Zimmer ist kein Laut zu hören; Maries Arm schläft allmählich ein. Auf Claudes Oberschenkel, rund um die Nadel, die in ihr steckt wie ein kleiner stählerner Pfeil, hebt sich langsam die Haut und schwillt durch die Flüssigkeit an. Marie hört ihr eigenes Herz schlagen. Während der Arzt an Claudes Handgelenk den Puls fühlt, zählt sie mechanisch ihren eigenen Herzschlag mit.

Marie hebt ihren linken Arm und legt vorsichtig den Behälter von der rechten Hand in die linke. Den freien Arm streckt sie nach unten aus, schüttelt ihn ein wenig, hebt ihn hoch und hält ihre Hand stützend unter das Gefäß. Wieder fällt ihr Blick auf die kleinen aufgebrochenen Ampullen auf dem Tisch: Es sind vier oder fünf, die achtlos in einen Metalldeckel geworfen wurden. Sie liegen durcheinander, so daß man nicht auf Anhieb erkennen kann, was auf den Etiketten steht. In dem kleinen Häufchen kann man nur hier und da einen Buchstaben entziffern. Marie setzt daraus das Wort »Arsen« zusammen. Ein zu gefährliches Gift, um Claude zu retten. Um zu bekämpfen, was sie genommen hat. Aber was ist es denn gewesen? Und jetzt auch noch diese zwei Liter Salzwasser. Das alles in Claudes Körper.

Claude wollte sich wirklich das Leben nehmen. Claude wollte sich davonschleichen. Was hat sie nur genommen, und was war der Grund dafür? Vielleicht wollte sie sterben, weil ihr klar wurde, daß sie das Leben, das ihr geschenkt worden war, verschwendet hatte, weil sie sich dieser Gabe unwürdig empfand. Maries Gedanken fingen wieder an zu kreisen.

Auf einmal ergreift eine Vorstellung sie wie ein Schwindel und läßt sie einige Momente wanken. Vor ihr liegt Claude mit bleichen Wangen. Sie ist tot und wie von einem Heiligenschein umgeben. »Sieh mich an, Marie, und bewundere mich endlich.« Entblößt, geschunden, ins Gesicht geschlagen, mit zwei gegensätzlichen Giften im Leib, das Blut schwer von Wasser und Salz, so liegt sie vor ihr. Man handelt wider ihre Absicht, man verstößt gegen ihren Willen, wenn man sie so ins Leben zurückzerrt. In das Leben, dem sie in all ihrer Schwäche und Unwürdigkeit auf diese Weise ihren Respekt bezeugen wollte. »Marie, meine Freundin, meine Schwester, verteidige mich... Bewahre meine einzige große Geste, zu der ich in meinem Leben in der Lage war.« Maries Herz schlägt schneller. Zum ersten Mal, seit sie dieses Zimmer betreten hat, verliert ihr Gesicht seinen unbeteiligten Ausdruck. Der Arzt sieht zu ihr auf und fragt: »Wieviel ist noch übrig?«

Marie hält den Tropf tiefer und sieht nach.

»Ungefähr ein Liter.«

»Machen wir weiter.«

Er beugt sich erneut über Claude, kontrolliert ihre Augen und den Puls, massiert ein wenig die Schwellung auf ihrem Schenkel. Seine Aufmerksamkeit gilt diesem Körper und den schwachen Lebenszeichen, die er erkennen läßt; er will den Rest von Leben entdecken, um ihn zu erhalten und zu verstärken. Da stellt sich Maries Herz ohne zu zögern auf die Seite dieses Mannes, um den Körper ihrer Schwester zu retten. »In dir ist immer noch Leben, hörst du? Leben.

Ich möchte dich nicht tot sehen, auch wenn dann ein friedlicher Ausdruck auf deinem Gesicht liegt. Und ich möchte dich auch nicht als Tote bewundern, denn der Tod besitzt keinerlei Größe, wenn das Leben vor dem Tode keine Größe besessen hat... Ich möchte dich nicht verteidigen, ich kann dir im Tode nicht beistehen, Claude, meine Freundin, meine Schwester, denn ich stehe auf der Seite des Lebens.«

»Sie müssen den Tropf jetzt ein wenig höher halten, weil die Flüssigkeit leichter geworden ist.«

Marie streckt beide Hände über ihren Kopf. Ihre kalten, steif gewordenen Hände nehmen das Gewicht des Gefäßes nicht mehr wahr. In ihren hoch erhobenen, tauben Armen spürt sie keinen Schmerz mehr. Ihr Herz hat zu seinem regelmäßigen Rhythmus zurückgefunden, und in ihr unbewegtes Gesicht, das heute so blaß scheint, ist der unerschütterliche Willen zurückgekehrt.

Das Wasser tropft mit unendlicher Langsamkeit weiter: vielleicht kommt mit jedem dieser Tropfen allmählich das Leben zurück.

In dieser Jahreszeit wird es früh dunkel. Es war erst drei Uhr, aber draußen dämmerte es bereits. Marie zog die Vorhänge zu und zündete die Lampen an. Der Arzt sagte: »Ich kann hier im Moment nichts weiter tun. Sie wird jetzt langsam zu sich kommen. Ich komme heute abend nochmals vorbei, um nach ihr zu sehen.«

Er hatte seine Instrumente auf dem Tisch eingesammelt und räumte sie in seine Tasche. Da fragte Marie: »Wie haben Sie herausgefunden, was sie genommen hat?«

Er kramte in seiner Tasche und zog zwei Glasröhrchen heraus, die er auf den Tisch warf.

»Das habe ich hinter dem Kaminschirm gefunden, in der Asche. Dort verstecken sie sie immer.«

Im Hinausgehen fügte er noch hinzu: »Und lassen Sie sie auf keinen Fall ruhig daliegen. Sie haben gesehen, was man tun muß, wenn sie wieder in diese völlige Bewegungslosigkeit fällt.«

Marie ging ins Schlafzimmer zurück. Armand hatte eine Hand auf Claudes reglosen Arm gelegt. In der anderen Hand hielt er die beiden Glasröhrchen, die der Arzt dagelassen hatte, und sah sie mit unsicheren Augen an.

»Weißt du, warum sie das getan hat?« fragte er.

»Warum sie das getan hat?« wiederholte Marie mit traurigem Lächeln. »Das« schloß für sie vieles andere mit ein, auch Armand.

Die Sorge und Ratlosigkeit hatten ihn sehr mitgenommen. Marie unterhielt sich ein wenig mit ihm, um ihn zu beruhigen, dann schickte sie ihn ins andere Zimmer, damit er sich hinlegte.

Sie setzte sich auf den Bettrand, um Claude zu beobachten, wie der Arzt es ihr empfohlen hatte. Der Kopf bewegte sich langsam, zuerst ein wenig nach rechts, dann ein wenig nach links, manchmal machte

Claude auch eine fahrige Bewegung mit der Hand und ließ sie dann wieder fallen, hin und wieder ging ein Zittern durch ihren Körper.

Als die Schwester sich zum ersten Mal längere Zeit nicht mehr bewegte, schüttelte Marie sie an den Schultern und rief immer wieder: »Claude! Claude!« Da sie sich daraufhin immer noch nicht rührte, berührte sie mit ihren Händen die roten, glühenden Wangen und gab ihnen einen zaghaften Klaps. Sie sagte mehrmals, so als wollte sie ihre Handlung rechtfertigen: »Du darfst nicht schlafen ... Du darfst nicht ...« Schließlich überwand sie ihre Scheu und gab ihr einige Minuten lang kräftige Schläge auf die Wangen.

Die Zeit schlich jetzt mit unendlicher Langsamkeit dahin. Draußen war es längst dunkel geworden, und Marie saß noch immer auf ihrem Posten. Claudes Arm holte zu einer größeren Bewegung aus, und das Zittern ihres Körpers ging in richtige Bewegungen über. Manchmal gab sie ein leises Wimmern von sich, einen leisen, kehligen Klageton. Ab und zu hob sich ihre Brust, wie in einem Schluckauf, der sie zu zerreißen schien, und Marie wischte den grünlichen Schleim ab, der ihr über die bleichen Lippen, das Kinn, den Hals und die kindliche Brust lief. Allmählich beruhigten sich ihre Bewegungen – vielleicht beruhigten sie sich sogar zu sehr. Und Marie mußte diesen vernichteten, erschöpften Körper, der sowohl durch die eigene Tat als auch durch die Bemühungen seiner Retter gequält worden war, noch weiter schütteln, noch weiter quälen. Sie wiederholte immer wieder mit mütterlicher Stimme: »Claude, Liebste, du darfst jetzt nicht schlafen...«

— 16 —

So war es die ganze Nacht hindurch gegangen.

Am nächsten Morgen öffnete Claude hin und wieder ihre schweren Lider und versuchte Marie anzusehen. Immer noch wurde ihr mit Gift gefüllter Magen von den schmerzhaften Krämpfen geschüttelt. Wenn man zu ihr sprach, zeigten ihre Reaktionen, daß sie verstanden hatte. Aus ihrem geschwollenen Mund kamen einige langsam gestammelte Worte.

Marie legte ihr frische Wäsche bereit, kämmte ihr Haar, brachte eine Schüssel mit lauwarmem Wasser und wusch sie von Kopf bis Fuß. Eine Folge des Schocks für den Organismus oder einfach der normale Lauf der Dinge: das Monatsleiden hatte diesen weiblichen Körper erfaßt; in der Waschschüssel färbten sich die Wasserblasen auf Maries Händen rosa, als sie den Schwamm ausdrückte. Sie hüllte Claude in eine Decke und hielt den schmalen, abgezehrten Körper auf ihrem Schoß, während die Haushälterin die Bettwäsche wechselte. Obwohl Claude mit zweiunddreißig Jahren älter war als Marie, schien sie ihr wie ein viel zu groß geratenes Kind, dessen Füße den Boden berührten. Marie hielt sie mit beiden Armen fest und schob ihre rechte Schulter vor, um dem kraftlosen

Kopf eine Stütze zu geben. Ihre Lippen lagen auf Claudes Stirn an ihrem Haaransatz und bewegten sich fast unmerklich.

Nach einem weiteren Tag folgte Claude mit den Augen jeder von Maries Bewegungen im Zimmer. Sie sprach ein wenig, fast wie sonst. Von Zeit zu Zeit gab Marie ihr etwas zu trinken, strich ihr die Haare zurück, schüttelte das Kopfkissen auf.

Claude ergriff Maries Hand und sagte: »Verstehst du mich? Ich habe mich so allein gefühlt, ich war so unglücklich.

Es gab überhaupt keine Hoffnung mehr, nur noch Angst. Es war wie eine viel zu schwere Müdigkeit. Ich dachte, ich würde endlich für lange Zeit Ruhe finden ...«

Marie antwortete nicht. Diese hilflos gestammelten Worte trafen sie bis ins Mark.

»Am Morgen, als dieses ... diese Angst so schrecklich geworden ist ... wenn du in Paris gewesen wärst, hätte ich dich angerufen ... ich hätte dich gefragt, ob wir etwas zusammen unternehmen können. Hätte ich nur irgend jemanden getroffen, dann hätte die Angst vielleicht nachgelassen ... vielleicht wäre dieses große Schlafbedürfnis von allein verschwunden ... ich weiß es nicht ... ich weiß es nicht.«

Sie bewegte den Kopf hin und her und zuckte mit den Schultern. Sie sprach ohne Pathos, ohne Bedauern, so als wollte sie etwas erklären, das sie selbst nicht recht verstehen konnte.

»Ich habe es einfach so gemacht ... Glaube nur ja nicht, der Tod ist mir lieber als das Leben ... Ich habe dabei weder an den Tod noch an das Leben gedacht ... Schlafen wollte ich ... Ja, das war es im Grunde, ich wollte mich einfach nur ausruhen.«

Marie befreite ihre Hände und sagte mit einer Stimme, die genauso leise klang wie die Claudes: »Sei still, denke nicht mehr daran. Du mußt diesen Tag jetzt vergessen.«

Sie strich mit der Hand über Claudes Stirn und Wange, eine beruhigende, zärtliche, etwas zu flüchtig geratene Geste. Ihre Augen füllten sich mit Tränen. Sie entfernte sich vom Bett, um zu verbergen, wie bewegt sie war. Es war Claudes unglückliche Stimme, es war Claudes Leiden, die dieses Gefühl in ihr auslösten. Aber es war auch die Trauer über das Verschwinden ihrer letzten Illusion.

An diesem Abend blieb Marie lange am Bett der schlafenden Claude sitzen. Sie beobachtete die Bewegung der schwachen Brust, betrachtete ihre geschlossenen, etwas geschwollenen Lider, auf denen tiefe blaue Schatten lagen, ein Zeichen des vorangegangenen Todeskampfes. Claude retten ... Aber Claude gehörte nicht zu den Menschen, die in sich selbst ihre Bestimmung fanden. Für solche Menschen gab es allenfalls eine scheinbare Rettung.

Marie mußte daran denken, wie Claude immer wieder zu ihr gesagt hatte: »Wenn ich vielleicht ein Kind hätte ... oder wenn ich meiner großen Liebe begegnen würde ...« Sie stellte sich vor, in welch traurigen Genüssen sich Claude verloren hätte, aufgehend in einem anderen Wesen.

Wenn es wirklich einen Gott gibt ... schoß es Marie durch den Kopf. Vor ihrem inneren Auge entstand auf einmal ein merkwürdiges Bild: zwei sehnsüchtige, traurige junge Mädchen in der Einsamkeit eines Klosters ... Sie werfen sich in ihren schwarzen Gewändern mit einer Inbrunst zum Gebet nieder, die sich durch nichts in ihnen selbst erklären ließe. Ihre blasse Stirn und die jungen Brüste berühren die eiskalten Steinplatten. Ihre Augen leuchten, sie fassen einander an den Händen, heben die Arme empor, halten einander ganz fest. Sie sind von einer Liebe durchdrungen, die sie verwandelt. Ein Licht erleuchtet und erhebt sie, das ihrem Leben einen Sinn gibt, ein überwältigendes Licht, das aus einer anderen Welt kommt ... Denn Gott mit dem unendlichen Mitleid, der unendlichen Liebe des Schöpfers für sein ganzes Werk ruft diese kleinen verlorenen Geschöpfe zu sich. Er sagt zu ihnen dasselbe wie zu allen anderen Wesen: »Ich habe dir Fleisch, Geist und Herz verliehen. Geh nun, verlasse mich. Mögest du den ganzen Wert meines Werkes begreifen.«

Sollte es einen Gott geben, schoß es Marie durch den Kopf, müßte er über die Liebe, mit der er sich den Menschen hingibt, verzweifeln, wenn er sieht wie manche dieses Leben verachten, das er ihnen geschenkt hat. Zeigt sich der eigentliche Triumph eines Schöpfers nicht in denen, die ihn in seinen Werken lieben?

17

Claudes Zustand hatte sich inzwischen so stabilisiert, daß sie nicht mehr rund um die Uhr betreut werden mußte. In einer langen Genesungsphase würde sich der Körper der Kranken allmählich aus eigener Kraft erholen. Marie hatte auch ihre Mutter benachrichtigt, da es nun möglich war, die wirklichen Hintergründe der Krankheit vor ihr zu verbergen.

Marie konnte zum ersten Mal seit sechs Tagen für einige Stunden Claudes Wohnung verlassen.

Sie ging zunächst einfach ziellos durch die Straßen, überglücklich, wieder an der frischen Luft und mitten im bunten Treiben der Stadt zu sein. Aber sie ging schnell und mit weit ausholenden Schritten, von einem körperlichen Drang nach schneller Bewegung getrieben. Instinktiv steuerte sie auf das rechte Seine-Ufer zu, in den Teil von Paris, den sie am meisten liebte: ein etwas bauchiges, fast herzförmiges Viereck, das ungefähr von den Métrostationen Buttes-Chaumont, Bastille, Opéra und Clichy eingeschlossen wurde. Es war ein Teil von Paris, der all jene, die von außerhalb kamen, nicht sonderlich beeindruckte. Aber für Marie schlug hier das eigentliche Herz der

Stadt, hier waren die Straßen, die Häuser, die Cafés, die Menschen besonders typisch für Paris.

Nach einer Weile bemerkte sie, daß sie sehr hungrig war. Die eiligen Mahlzeiten in Claudes Wohnung, an einer freien Ecke des Tisches im Krankenzimmer mit diesem speziellen Geruch, waren ihr nicht unangenehm gewesen. Marie hatte einen gesunden Appetit und einen stabilen Magen, und sie zählte nicht zu den Naturen, denen von der bloßen Anwesenheit eines kranken Körpers übel wird. Doch jetzt, da sie ihre Freiheit wiederhatte, überkam sie die Lust auf ein üppiges, frisches Essen an einem Ort, der ihr gefiel. Sie ging in ein Restaurant in der Rue des Petits-Champs, bestellte Fleisch, Gemüse, Käse und Cidre. Der Geschmack des säuerlichen, kühlen Apfelmosts machte sie auf eine kindliche Art glücklich.

Nachdem sie gegessen hatte, zündete sie sich eine Zigarette an, die sie langsam rauchte. Erfüllt von einem seltsam wohligen Gefühl, genoß sie ihre wiedergewonnene Freiheit – und die sichere Vorfreude auf ein bevorstehendes Glück. Die Entscheidung hatte sie bereits getroffen, also konnte sie jetzt in aller Ruhe darüber nachdenken, welche Schwierigkeiten zu überwinden waren, um sie in die Tat umzusetzen. Die anderen? Sie würde ihnen sagen, daß sie nach den vergangenen Tagen das Bedürfnis hatte, allein zu sein, einen Tag lang ihre Ruhe zu haben. Sie würde ihnen das mit so fester, sicherer Stimme erklären, daß jede Widerrede überflüssig wäre. Das Geld? Alles, was sie noch hatte, waren hundert Francs. Sie lächelte, als sie daran dachte, daß sie davon noch nicht einmal die Fahrkarte bezahlen konnte. Sie überlegte eine Weile, betrachtete den Ring, den sie an der linken Hand trug, und verließ das Restaurant.

Als sie ein wenig später in die Rue du Cherche-Midi einbog und in Richtung der Rue de Rennes weiterging, spielte noch immer das zufriedene Lächeln um ihre Lippen.

Sie betrat ein Gebäude, in dem eine lange Schlange von Menschen wartete, überwiegend Frauen. Am Schalter wurden Herrenanzüge, gebrauchte Kleidung, Besteck und kleine Fernsprechapparate abgegeben. Während der Angestellte einen Gegenstand schätzte, sagten die Frauen kein Wort, so als hätten sie Angst, sein Mißfallen zu erregen. Ihre Haltung wirkte gleichgültig, beinahe lässig. Doch in ihren Augen, die er nicht sehen konnte, lag ein Flehen. Als er schließlich den Kopf hob und sie ansah, stand die Höhe der Leihsumme fest. Sie akzeptierten immer mit einer Stimme, die zwar sanft klang, die ihre Enttäuschung jedoch nicht verbergen konnte. Wenn jemand einen Gegenstand auf den Tisch legte, drängelten alle ein wenig nach vorne, um ihn besser sehen zu können. Denn zu sehen, was die anderen in ihren Paketen hatten, war das eigentlich Interessante. Während man an dem Schalter wartete, an dem das Geld ausgezahlt wurde, unterhielt man sich wieder miteinander.

Alle, die hierher kamen, waren von Elend und Hunger dazu getrieben worden. War es nicht beschämend für Marie, sich unter diese Menschen zu mischen, sich das Recht anzumaßen, so zu handeln wie sie? Nein, sie schämte sich dafür nicht im geringsten. Sie waren gekommen, um sich ihr Brot zu sichern. Sie dagegen war gekommen, weil sie von einem Herzenswunsch getrieben war, um eine Liebe und ein tiefes Glück zu bewahren. Eines war so wichtig wie das andere.

Nun war Marie an der Reihe. Sie sagte leise, indem sie ihre Hand vorstreckte: »Mein Ring.«

»Das ist am anderen Schalter«, entgegnete der Angestellte.

Die Leute machten etwas Platz, um Marie vorbeigehen zu lassen, und stießen zum Spaß bewundernde Pfiffe aus.

»Gehen Sie rüber in die Schmuckabteilung! Sie Glückspilz!« sagte einer der Männer lachend.

Sie erhielt hundertfünfzig Francs. Das sollte wohl reichen, um die Fahrkarte zu bezahlen. Die hundert Francs, die sie außerdem noch hatte, würden ihr für eventuelle andere Ausgaben während der Reise bleiben. Sie fühlte sich ungewöhnlich reich.

Sie ging an der Post vorbei, wo sie ein Telegramm aufgab, und kehrte dann langsam und ohne Eile zu Claudes Wohnung zurück.

Am nächsten Morgen rief Marie in aller Frühe Jean an, umarmte Claude, zog die Wohnungstür hinter sich ins Schloß und ging in die frische Kälte des Januarmorgens hinaus.

18

Der Zug fuhr schon seit über einer Stunde. Die Waggons waren so überfüllt, daß Marie im Gang stehen mußte, wo die Soldaten hin und her gingen. Um sich einen anderen Platz zu suchen, bewegte sie sich auf den Speisewagen zu. Er war eng und ebenfalls voller Soldaten. Sie bahnte sich einen Weg zwischen den breiten Schultern hindurch, die einzige Frau, die sich in diese wogende blaue Menge gewagt hatte. Marie trafen zunächst verwunderte Blicke, doch dann bot man ihr Kaffee, saure Bonbons und Zigaretten an, die sie mit denselben Bewegungen rauchte wie die Männer um sie herum. Sie gab ihnen Bier aus, und auf einmal unterhielten sich alle miteinander.

Ein Mann betrat den Waggon; in seinen Armen hielt er einen Hund, den er hoch über die Menge hob, so als wollte er ihn vor dem Ersticken bewahren. Er versuchte, die Theke zu erreichen, um für seinen Hund etwas zu trinken zu holen, doch es gelang ihm nicht. Die Soldaten und Marie ergriffen den Hund und reichten ihn von Hand zu Hand weiter wie einen Ball. Sie lachten darüber, bis ihnen die Tränen kamen. Das niedergeschlagene Gesicht des Hundebesitzers steigerte ihr Vergnügen noch. Der Hund, ein junger Foxterrier, bellte, ruderte ein wenig mit den Beinen und fand sich mit seiner Lage ab, so gut es ging. Ein gutaussehender afrikanischer Soldat in einem roten Mantel hielt ihm sein Bierglas hin, aus dem das Tier zwei oder drei gierige Schlucke nahm. Sein Herrchen schrie entsetzt auf, was bei Marie und den Soldaten einen neuerlichen Lachanfall auslöste.

Schließlich machte sich der Mann mit seinem Hund davon.

Die Luft in dem engen, dunklen, von dicken Rauchschwaden durchzogenen Waggon war zum Ersticken. Marie stand immer noch eingekeilt zwischen diesen Schultern; gelegentlich erhielt sie einen Stoß von irgendeinem ledernen oder metallenen Gegenstand, der zur Ausrüstung der Soldaten gehörte. Sie sog den Schweißgeruch ein, der aus dem derben Stoff aufstieg. In dieser Hitze, dem Rauch, inmitten dieses Geruchs zusammengepferchter junger Männer, ihrem ohrenbetäubend lauten Lachen, der Lieder und lockeren Witzeleien fühlte Marie sich glücklich. Sie lachte über alles, was sie sagten. Das Leben war so schön, daß sie einfach über alles lachen mußte. Die Soldaten waren ein Teil dieser Lebensfreude, die in Maries Augen strahlte, beständig wuchs und sich in ihr entfaltete.

Einer der Männer hatte einen freien Hocker entdeckt. Er setzte sich darauf und legte seine Füße auf die Theke.

»He! Nimm deine Latschen da runter«, rief der Kellner hinter der Theke.

»Ich find' das aber bequem«, antwortete der Mann.

Er zog aus seiner Tasche eine kleine Mundharmonika und fing an, kurze Melodien zu spielen. Dann und wann erkannten einige der Männer ein Lied und sangen im Chor mit. Der gutaussehende Soldat im roten Mantel hatte seinen Arm auf Maries Schulter gestützt, und seine Hand spielte ohne Hintergedanken ein wenig mit den Locken in ihrem Nacken. Draußen sah man eine schöne Winterlandschaft mit weiten Grasflächen vorbeiziehen, aus denen sich schlanke Bäume in den schweren, grauen Himmel reckten. Die nackten Äste der hoch aufgeschossenen, fast violetten Stämme, die sich gegen den Himmel abzeichneten, waren mit düsteren, runden Büscheln bewachsen. Einer der Soldaten stieß einen anderen mit dem Ellbogen an und sagte: »Pierre, schau mal. Da sind Misteln in den Zweigen ... das sieht gar nicht übel aus.«

Über all dem lag eine rätselhafte Stimmung, die schön und melancholisch zugleich war, ohne jedoch bedrückend zu wirken. Sie entstand durch die Stimmen, die Bewegungen, die Gesichter, die Landschaft. Sie entstand aus dem Klirren der Gläser, dem Rattern des Zuges, dem Klang der Lieder und dem Lachen der Männer; vielleicht trugen auch die Farben der Uniformen und die Farbe von Maries Kleid dazu bei. Sie entstand aus vielen kleinen und großen Dingen, sie umgab Marie und breitete sich in ihr aus und nahm ihr den Atem. Sie spürte, daß sie, würde sich diese Stimmung, die sie in diesem Augenblick mit allem verband, nur noch ein wenig steigern, in einen berauschenden Taumel verfallen würde. Sie spürte, daß sie vor Erregung sterben könnte, wenn jetzt jemand das Wort ausspräche, in dem für sie der Ursprung dieser Stimmung lag.

Und am Ende des Weges wartete dieses grenzenlose Licht... Maries Herz schlug ungestüm, mit großen, starken Schlägen, im dumpfen Rhythmus des dahinrasenden Zuges. Und die Entfernung schmolz immer mehr zusammen... Die Bahnhöfe, die der Zug passierte, trugen schöne französische Namen (beinahe zu schöne und zu französische): Lonecourt, Ernoxeville, la Ferté-Grande, Saint-Mérault, Landelin-le-Duc.

Als Marie den Speisewagen verlassen wollte, drückten die Männer ihr die Hand und nannten ihre Namen. Das war zwar zwecklos, aber es machte ihnen Freude und war wie eine Art Freundschaftsbeweis: »Pierre Malionoi ... René Binet ... Sébastien Rémy ... Jules Bottin ... Marcel Cabillot ...

»Und ich bin Marie.«

»Marie, und wie weiter?«

Sie sah sie an: den kleinen Dunkelhaarigen mit den tiefliegenden Augen, den Rothaarigen mit dem Kindergesicht, den Leutnant, der in seiner schicken Jacke besonders jung aussah, den, der mit Pierre gesprochen hatte und dessen Stimme so schön klang, den Blonden mit der viel zu großen Nase in seinem flachen Gesicht, den großen, etwas ausgehungert wirkenden Dunkelhaarigen, der Mundharmonika gespielt hatte, und den eindrucksvollen afrikanischen Soldaten. Sie lächelte ihnen allen zu, zuckte mit den Schultern und sagte: »Einfach nur Marie.«

Sie verabschiedeten sich noch einmal, indem sie sie mit ihrem Vornamen anredeten und die erste Strophe eines Liedes sangen, dessen erste Zeile lautete:

»Adieu, Kameraden. Adieu, wir müssen gehn.«

In dem Abteil, in dem Marie ihr Buch und ihren Mantel abgelegt hatte, war noch immer kein Platz frei. Im Gang saß auf der einen Seite der Abteiltür eine Frau auf einem schwarzen Koffer, auf der anderen Seite kauerte auf einem Bündel ein Mann mit Mütze. Er mußte ihr Ehemann oder vielleicht auch ihr Bruder sein. Zwischen beiden stand ein unglückliches Kind, dem man ansah, wie sehr es sich langweilte. Sie hatten sicherlich noch eine weite Fahrt vor sich und stiegen bestimmt nicht am nächsten größeren Bahnhof aus wie Marie. Als das Kind fragte, wann sie denn an ihrem Zielort ankämen, antwortete die Frau: »Ach, das dauert noch lange.«

Ihre Bewegungen waren sparsam und eckig, gleichgültig, ob sie die beiden Hälften ihres Mantels über den Knien zusammenzog oder sich das Haar feststeckte. Sie hatte ein sorgenvolles Gesicht und ängstliche Augen. Ihre Arme waren fest an ihren Körper gepreßt und die Hände krampfhaft ineinandergeschlungen, so als wollte sie verhindern, daß ihre inneren Qualen nach außen drangen. Aus allem, was sie mit ihrer traurigen Stimme zu dem Kind sagte, klang unsagbares Leid. Und die Traurigkeit der Mutter übertrug sich damit auf ihr Kind.

Marie preßte sich an die Wand des Waggons, um einen Soldaten durchzulassen, der sich in voller Ausrüstung durch den Gang drängte. Er hatte ein Paar derbe, genagelte Schuhe außen an seinen Rucksack gebunden, die im Vorübergehen das Kind am Kopf trafen und ihm ein wenig die Wange aufkratzten.

Das Kind wollte sich nicht beklagen, es wollte sich nur über den Schreck hinwegtrösten. Da fielen ihm das Brot und die Wurst ein, die seine Mutter in ihren Koffer gepackt hatte und auf die es schon seit Stunden Appetit hatte. Es sagte: »Ich habe Hunger.«

Die Frau antwortete: »Es ist noch nicht Zeit zum Essen.«

Der Ton, in dem sie das sagte, machte deutlich, daß dies zwar bedauerlich, aber nicht zu ändern sei. Das Kind spürte die Tränen in sich aufsteigen und ging zu seiner Mutter, weil ohnehin alles so traurig und trostlos war, und zeigte ihr die Kratzer an Stirn und Wange. Sie nahm sein Gesicht in ihre Hände.

»Tut's sehr weh?«

Das Kind hatte wirklich Hunger, und jetzt merkte es auch, daß es Schmerzen hatte. Es senkte den Kopf, ließ sich in die Arme seiner Mutter fallen und weinte verzweifelt in ihren traurigen Schoß hinein. Sie hob das Kind hoch und zog es an sich, drückte seinen Kopf gegen ihre Brust und schloß es fest in ihre Arme. Die tröstenden Worte, die sie mit ihrer unglücklichen Stimme zu ihm sprach, waren weit trauriger als der unbedeutende Kummer des Kindes. Sie hüllte es ein, preßte es an sich, erstickte es beinahe mit dem Kummer, der ihr Wesen bestimmte.

Marie hätte das Kind am liebsten irgendwohin mitgenommen, weit weg von seiner Mutter.

Es weinte noch mehr. Der Mann erwachte aus seinem Halbschlaf und erkundigte sich nach dem Grund. Er sagte: »Komm mal her. Ich zeige dir was.«

»Was?« fragte das Kind.

»Ein Kartenspiel.«

Das Kind war zögernd aufgestanden und, unentschieden zwischen Lachen und Weinen, hielt es die Luft an. Der Mann gab ihm einen kleinen Klaps auf den Kratzer, um ihm zu zeigen, daß er nicht der Rede wert war. Aber es sollte wohl auch begreifen, daß Angst und Kümmernisse etwas ganz Alltägliches waren: Langeweile beim Warten und der Pakt mit dem Unglück. Das Kind entschied sich für das Lachen, setzte sich neben den Mann auf das Bündel und fing an, die Karten auszuteilen, die er aus seiner Tasche gezogen hatte.

Marie lächelte den Mann und das Kind an, dann wandte sie sich dem Waggonfenster zu. Wie der Zug davonjagte ... Sie näherte sich ihrem Ziel ... noch eine halbe Stunde. Maries Herz schlug heftig. Sie beruhigte sich langsam wieder, als sie durch die Scheibe die schöne unbekannte Landschaft betrachtete.

Es schneit ein wenig, ein sehr leichter, pulveriger Schnee, der die Wälder kaum bedeckt, braune Feldwege und rötliche Ackerflächen, die im Hintergrund der Landschaft in sanfte gewellte Hügel übergehen. Es gibt kein Dorf, kein Haus, keine andere Farbe, nur ein wenig Schnee auf der rötlichen Fläche. Doch die Unebenheit des Geländes läßt den weiten Pflanzenteppich bald heller, bald dunkler erscheinen. Vor Maries Augen verschmelzen alle Braun- und Rottöne miteinander, um gleich darauf jeder für sich wieder neu aufzuleuchten.

Eine Landschaft endet, eine andere beginnt: ein schnurgerader, flacher Kanal, Häuser, Straßen und Geräusche. Ein Viadukt, auf dem Autos fahren und Leute stehenbleiben, um zuzusehen, wie unter ihnen der große, bereits langsamer werdende Zug hindurchfährt. Und plötzlich erscheint ein Name auf einem Blechschild – die ganze geballte Kraft der Wirklichkeit.

— 19 —

Er geht sehr schnell, aber Marie hält leicht mit ihm Schritt. Zusammen gehen sie über einen Platz und durch Straßen, die aussehen wie in der Umgebung jedes anderen Bahnhofs auch. Erst als das Besondere dieser Stadt sichtbar wird, verlangsamt er seinen Schritt, damit Marie Gelegenheit hat, das für sie Neue aufzunehmen. Es ist zwar schon dunkel, aber noch nicht Nacht. Das sanfte Zwielicht verleiht den Fassaden eine sonderbar unantastbare Schönheit. Sie stammen aus einem anderen Jahrhundert und sind in einem großartigen, reinen Stil erbaut. Sie reihen sich aneinander, um unendlich breite Straßen zu säumen, oder stehen zu mehreren in einem Quadrat zusammen und bilden Plätze von stiller, unnahbarer Schönheit. Marie läßt sich führen. Sie überqueren halbrunde, von Kolonnaden umgebene Plätze, Palais und Arkaden, passieren bronzene Tore mit schwerer Goldverzierung. Sie folgen einer breiten Allee und treffen dann auf eine etwas schmalere, deren Baumkronen einen Laubengang bilden. Die Straßen sind durch Torbogen aufgelockert und mit Brunnen geschmückt, so daß sie eher wie Parks wirken.

Er hat den Rundgang nicht bewußt geplant, will ihr

keine Besonderheiten zeigen: die Stadt ist einfach so. Mit ihrer stummen, starren Schönheit, ihrem Gesicht aus Stein und Gold erinnert sie an eine Große historische Epoche. Für Marie ist sie die schönste Stadt Frankreichs.

Inzwischen ist es vollkommen dunkel geworden. Die Nacht hüllt die Tore, die breiten Straßen und Brunnen ein. In dem Park, durch den sie jetzt gehen, ist nur ein einziger Weg beleuchtet, alles übrige liegt in völligem Dunkel und erscheint riesengroß und geheimnisvoll.

Ihm fällt ein, daß Marie schon am Morgen aus Paris weggefahren ist, und er schlägt vor, irgendwo zu Abend zu essen. Auf der Speisekarte des Restaurants liest Marie lauter unbekannte Namen: jede Provinz hat ihre eigenen Gerichte. Er bestellt Wein aus der Region. Der Weinbau wird hier nicht sehr intensiv betrieben, so daß der Ertrag der wenigen Rebflächen eigentlich nur hier getrunken wird.

Bestimmt ist er schon einmal in diesem Lokal gewesen, und man kennt ihn, vielleicht liegt es aber auch daran, daß sie beide sehr jung aussehen, wie sie einander so gegenübersitzen: jedenfalls wird Marie mit »Mademoiselle« angeredet. Er redet, erzählt ein wenig über die Kurse, die er belegt hat, erklärt, was er studiert, welche Bücher er liest. Marie sieht ihn einfach nur an und streichelt ihn mit ihren Blicken, ohne daß er es bemerkt. Dabei würde sie ihm auch gerne mehr erzählen. Ist es die Intensität dieses Augenblicks, die sie am Sprechen hindert? Ein tief empfundenes Glück läßt sie verstummen. Er ist hier, sie ist hier, man weiß nicht, was daraus entstehen wird: etwas Zartes oder etwas Wildes. Dieses Glück ist so kostbar und zugleich so grausam, wie es nur die kurzen, intensiven Dinge sein können. Doch der Abend hat eben erst begonnen, sie haben auch noch die ganze Nacht. Für sie, die so wenig zusammen sind, ist jede gemeinsam verbrachte Stunde so reich wie ein ganzer Tag.

Aber die Zeit vergeht viel zu schnell, wenn sie so intensiv erlebt wird. Es ist elf Uhr abends, die Stadt schläft. Sie gehen durch ein altes, mit massiven Türmen bewehrtes Stadttor, das in der Nacht sehr schön wirkt. Unter seinen Gewölbebögen hallen ihre Schritte wider. Als sie wieder eine lange, breite Straße entlanggehen, ergreift er Maries Arm, drückt ihn leicht und führt sie, ohne sie loszulassen, zu dem Haus, in dem er wohnt. An der Schwelle zu seinem Zimmer begreift Marie: endlich dringt sie ins Herz dieser schönen, geheimnisvollen Stadt vor.

Das Zimmer ist eng, die Wände sind von einer Tapete mit winzigen, dicht gedrängten stilisierten Blumen bedeckt. Maries Augen wandern von einem Gegenstand zum anderen: Der Tisch ist mit Heften und Büchern übersät. Skier aus hellem Holz lehnen mit den gebogenen Spitzen nach außen am Schrank. Vor einem Waschbecken steht ein Paravent. Ein Päckchen einer ihr unbekannten Zigarettenmarke, ein heller Regenmantel am Haken eines Kleiderständers, die

Reproduktion eines Gemäldes von Rouault: Rosétöne, die auf der Stirn eines sehr menschlichen Jesus aufleuchten und wieder verblassen. Und eins von Degas, auf dem eine merkwürdig grüne Tänzerin posiert. Ein flaches Bett, das mit kräftigem Baumwollstoff bedeckt ist. Links und rechts des Fensters hängen Vorhänge aus dem gleichen Stoff. Alles in diesem Zimmer gefällt ihr.

Da sie viel zu früh zu Abend gegessen haben, sind sie schon wieder hungrig. Er holt Brot, Butter und Äpfel, die auf einem Brett in seinem Schrank liegen. Sie setzen sich nebeneinander an den Tisch und essen zwischen den Stapeln von Büchern und Heften. Marie spürt auf einmal nicht nur ihr Blut in ihren Adern fließen, sondern zugleich etwas Uraltes, Archaisches: Sie empfindet eine Freude darüber, für diesen Mann Brot zu schneiden und es mit Butter zu bestreichen, wie nur eine Frau sie empfinden kann.

Sie unterhalten sich noch eine Weile miteinander. Als Marie aufsteht, um ein Heft, das er ihr gerade gezeigt hat, auf den Tisch zurückzulegen, schließt er sie plötzlich in seine Arme. Und sie sprechen miteinander, wie zwei Menschen, die einander erst in diesem Moment wiedergetroffen haben.

Sie liegen dicht aneinandergedrängt quer über dem Bett. Marie hat den Kopf zurückgelegt und entdeckt noch ein weiteres Bild von Degas: kurze Tüllröcke im Kreis auf einer Bank und Köpfe, die sich zu Satinschuhen hinunterbeugen. Ihre Augen wandern wieder im Zimmer umher. Es ist hell und freundlich... Bestimmt sind schon andere Frauen vor ihr hier gewesen – und es werden weitere kommen...

Plötzlich umschließt Marie seine Knie mit ihrem Bein und wirft sich wie ein weibliches Tier über seinen Körper, als wolle sie ihn verteidigen. Eifersüchtiges Weib – wieder dies Archaische in ihrem Blut. Doch schnell verdrängt sie diesen beschämenden Gedanken, der den anderen, den einzig gültigen zu trüben droht: Er ist hier, sie ist hier, jetzt ist jetzt.

Er liegt auf dem Rücken, sie hat sich eng an ihn geschmiegt. Ihre Hände sind unter seinen Armen hindurchgeschlungen und halten sich an seinen Schultern fest. Er hat sie mit seinen Armen umschlossen, seine beiden Hände liegen auf ihren Hüften. Sie spüren die Zärtlichkeit in sich wachsen, lange Zeit bleiben sie in dieser innigen Umarmung liegen.

Viel später, nachdem sie die Lichter im Zimmer gelöscht haben, liegen sie nicht mehr beieinander. Ihre Hände treffen sich in der Mitte der sie trennenden Distanz: die Linke des einen hält die Rechte des anderen. Vielleicht sind sie eingeschlafen. Die Straßenlaternen werfen in langen, goldenen Streifen ihr Licht durch die Jalousien auf die Wände des Zimmers. Es ist vollkommen still. Auch von draußen dringt kein Laut herein. Nur einmal hört man das langgezogene Pfeifen des Schnellzuges, der nach Paris fährt – ohne Marie.

Eine Hand hat sich bewegt, hat die andere Hand ein wenig fester gedrückt und zu verstehen gegeben: Ich schlafe nicht. Maries Augen strahlen in der Dunkelheit. Den Blick in den Lichtmustern des Zimmers verloren, träumt sie, fast schon im Schlummer: Er ist bei mir. Der Mensch, der mir so ähnlich ist. Und dennoch bleibe ich ich selbst. Mehr ich selbst, als ich es je gewesen bin. Die breiten Lichtstreifen, die sich über Wände und Decke gelegt haben, erinnern sie an die Form einer Kapelle. Heilige Maria der Einsamkeit. Unsere Liebe Frau hat ihr Herz wiedergefunden, ihr schönes, hartes Herz, das kein Schwert durchbohren kann. Ihr Herz, das so groß ist, daß man es mit einem mächtigen, goldenen Tor schützen muß, das die Form einer Kapelle hat.

Marie hat die Augen geschlossen. Die Hände der Liebenden haben sich gelöst, und um ihre wiedervereinten Körper schließen sie, unter einem glücklichen Seufzen, ihre Arme in einem doppelten Kreis.

Schließlich schlafen sie ein. Doch als das Licht der Straßenlaterne sich mit den blassen Strahlen des Morgenlichts vereint, lieben sie sich noch einmal, so lange, bis es Zeit ist, aufzustehen und sich für die Abfahrt bereitzumachen.

Marie steht vor dem Fenster und entdeckt, was sie nun schon wieder verlassen muß. Auf der breiten Straße, dem Fenster gegenüber, erhebt sich ein Triumphbogen mit drei Durchgängen. Er ist mit schweren steinernen Verzierungen versehen, in denen

Marie, genau in Blickhöhe, Schilde, Schwerter und starre Standarten entdeckt; seine Hochreliefs zeigen Pferde, die sich zwischen drohend geschwungenen Waffen und mit Helmen bewehrten Kriegern aufbäumen. Die Galerien über den alten Fassaden tragen Wappen mit Waffen, Lilien und Fürstenkronen oder von Amorstatuen gehaltene Vasen, aus denen schweres steinernes Blattwerk quillt. Doch Maries Blick schweift noch weiter in die Ferne, zu den beiden Türmen der Kathedrale, die die Häuser überragen, und zu den sanften, braunen Hügeln, die sich jenseits der Dächer bis zum Horizont erstrecken und die ganze Stadt umgeben.

Marie wendet sich wieder zum Zimmer hin. Er sagt leise: »Sind Sie soweit? Vielleicht haben wir noch Zeit, gemeinsam zu frühstücken, bevor der Zug abfährt.«

Sie geht auf ihn zu, er hält sie an den Schultern fest und sieht sie eine Weile an. Sie sieht am Kragen seiner Jacke dicht vor ihren Augen das kleine metallene Abzeichen blitzen. Sie berührt es mit der Hand, legt ihre Stirn darauf und verbirgt im Stoff, in der Mulde seiner Schulter, das Zucken in ihrem Gesicht. Dann hebt sie gefaßt den Kopf, und sie sehen einander noch einmal an.

»Du hast schöne Augen.«

Fast ein Flüstern von Mund zu Mund, die Stimme war so leise, daß man nicht sagen kann, wer von ihnen gesprochen hat.

Draußen, in der eisigen Luft, gehen sie wie immer

rasch und schweigend nebeneinander durch die Straßen. Ihr Blick ist nach vorne gerichtet, ihre Gesichter sind jetzt wieder verschlossen und verraten keine Regung mehr. Im frühen Morgenlicht wirkt die Stadt noch weißer, noch ruhiger und ausdrucksvoller in ihrer Schönheit. Sie überqueren einen Platz und scheuchen mit ihrem Schritt violette Tauben auf, die davonfliegen. Auf den zu Laubengängen zurechtgestutzten Bäumen liegt noch etwas Schnee. Marie betrachtet diese Bäume: Ihre nackten, ineinander verschlungenen Äste lassen nicht erkennen, ob es Ulmen, Weißbuchen oder Linden sind. Erst wenn sie wieder Blätter haben …

— 20 —

Gerade haben sie sich getrennt. Auf dem Bahnsteig herrschte Lärm und Gedränge. Man sah den Menschen an, ob sie zu einer längeren Reise aufbrachen oder nur auf Vorortzüge warteten, man erkannte, ob sie traurig oder fröhlich waren und welchem Beruf sie nachgingen. In den Gesichtern der anderen spiegelte sich ein kleines Stück ihres Lebens. Sie beide jedoch verrieten sich durch keine noch so kleine Geste. Nichts in ihrem Verhalten erinnerte an die vergangenen Stunden. Man hätte denken können, es gäbe für sie keine Zukunft.

Man hörte den Ruf des Schaffners: Der Zug fuhr in den Bahnhof ein. Ihre Hände berührten sich kaum, wenn man sie so sah, hätte man nicht zu sagen gewußt, ob sie sich begrüßten oder trennten. Nachdem sich die Zugtür geschlossen hatte, ging er mit seinem ausholenden, ruhigen Schritt den Bahnsteig zurück. Sein Gesicht war nicht zu sehen, seine Gedanken waren nicht zu erraten. Marie blieb noch eine ganze Weile im dunklen Gang stehen, ganz aufrecht, die Zähne fest zusammengepreßt. Hinter der Scheibe zog jetzt alles in umgekehrter Reihenfolge vorüber: der große Eisenviadukt, die Straße, die an den Bahngleisen entlangführte, die Häuser inmitten von Gärten, der Kanal.

Marie sitzt in einem Abteil dritter Klasse. Die Minuten verrinnen unaufhaltsam. Landschaften und Dörfer addieren sich unaufhörlich und reihen sich im unerbittlichen Rhythmus der Räder aneinander wie Glieder einer mathematischen Gleichung. Schon schneit es auf die rötlichen Felder. Die schöne Stadt liegt dort hinten in der Ferne, einmal ein wenig nach rechts, dann wieder nach links verschoben, von weichen Hügeln eingeschlossen, eine Insel der Wirklichkeit in der wirklichen Welt.

Auf der Sitzbank ihr gegenüber reibt sich ein Kind, das zu früh wach geworden ist, die Augen und wimmert leise vor sich hin. Eine Frau wühlt ununterbrochen in ihrer großen Ledertasche. Ein Soldat döst mit weit ausgestreckten Beinen; mit einer schon nicht mehr kontrollierten Geste stützt seine Hand den Kopf, rutscht weg und hebt sich erneut. Ein junges Mädchen ißt eine Orange. Marie sitzt in der Ecke am Fenster; sie hat die Hände übereinandergelegt und den Kopf an die Holzverkleidung des Waggons gelehnt. In ihren Kleidern und auf ihrem ganzen Körper ahnt sie noch den Geruch der Liebe.

21

»O nein, bloß keine Milch! Ich kann keine Milch mehr sehen! Ich möchte lieber Orangensaft.«

Marie stellte die warme Milch, die sie eben hereingebracht hatte, auf dem Tisch ab und fing an, Orangen auszupressen.

Claude war noch sehr blaß im Gesicht, aber ihre Augen waren schon viel klarer.

»Wieviel Zucker: ein Stück, zwei Stück, zehn Stück, fünfzig Stück!«

Sie lachte laut und antwortete: »Null Stück, ich habe viel zu großen Durst.«

Sie trank gierig wie ein durstiges Kind und streckte dann Marie das leere Glas hin.

»Ach, das war gut... Ich bin so froh, daß du wieder da bist.«

Sie richtete sich auf ihrem Kopfkissen ein wenig auf, schlug mit der flachen Hand auf die Bettkante und bat: »Setz dich doch ein bißchen zu mir.«

Sie hatte Marie an den Händen gefaßt, wie sie es immer tat, und sah sie an.

»Irgend etwas ist in deinen Augen. Was ist es?« fragte sie.

»Was meinst du damit?«

Sie wurde unruhig, fast traurig und versuchte zu erklären: »Nun, so ein Leuchten ... ich weiß nicht genau ... Und es ist auch etwas in deinem Gang und in all deinen Bewegungen. So, als wärst du auf einmal aufgeblüht ... dabei siehst du nicht älter aus, ganz im Gegenteil ...«

Ein ruhiges, sanftes Lächeln ließ Maries Gesicht erstrahlen.

Claude wiederholte dumpf: »Ich weiß nicht genau ...«

Sie neigte sich noch näher zu Marie, streckte ihre Hände noch weiter aus, bis sie fast auf Maries Schultern lagen.

»Was hast du gemacht? Wo bist du gewesen? Sag es mir!«

Marie lächelte noch immer. Mit beiden Händen strich sie Claude über das Haar, mit jeder Hand auf einer Seite des schmalen, scheuen Gesichtchens herab, als sei es ein Puppengesicht.

Doch Claude spricht schon weiter. Dicht vor Maries Gesicht fordert ihr armer, unglücklicher Mund mit fiebrigem Atem: »Erzähle es mir ... Damit ich dasselbe tun kann wie du ... mit dir zusammen.«

Marie hat sich aufgerichtet und sich dabei etwas zu abrupt aus den schwachen Armen der Kranken befreit. Sie steht jetzt neben dem Bett. Mit einem Gesicht, in dem das Lächeln plötzlich erloschen ist, sieht sie Claude an.

»Du weißt doch genau, wie sehr ich dich brauche,

Marie... Du kannst nicht einfach so allein wegfahren...«

»Aber jetzt bin ich doch wieder da, ich komme immer wieder zurück.«

»Nein, Marie, diesmal bist du nicht zurückgekommen.«

Sie streckt ihr noch einmal die Hände entgegen. Erneut hat sie sich in Maries Arm geflüchtet und weint leise.

»Komm zurück, Marie. Erzähle...«

»Aber es gibt nichts zu sagen. Das Leben ist doch keine Geschichte, die man erzählen könnte. Es ist allenfalls eine Geschichte, die man selbst erleben kann.«

»Wenn ich es aber mit meinen Augen nicht sehen kann?«

»Man sieht nur das, was man auch versteht. Und man versteht nur das, was man liebt. Zuerst muß man sich hingeben, sich einlassen, dann erhält man dafür auch etwas zurück. Aber du wartest immer nur, du wartest, daß irgend etwas auf dich zukommt... Du weißt nicht, worauf du wartest; irgendein namenloses, unbestimmtes Glück, das dir plötzlich zufallen und dich ausfüllen soll... Da aber nichts von alleine auf dich zukommt, verzweifelst du. Deshalb wolltest du sterben. Dabei war schon alles da... Du selbst mußt lieben, du selbst mußt leben. Etwas vom Leben zu fordern, heißt, es von sich selbst zu fordern.«

Marie sprach mehr zu sich selbst als zu Claude, die

sie kaum verstand. Aber sie beruhigte sich an Maries Brust. Die Klarheit von Maries Worten und die Wärme ihres Körpers hüllten sie ein. Die Berührung mit diesem leidenschaftlichen Frieden hatte heilende Wirkung auf sie.

Marie hielt sie an sich gedrückt. Dann legte sie ihren Kopf wieder auf das Kissen zurück und zog die Bettdecke hoch, damit Claude nicht fror.

»Wann fährst du nach Maubeuge zurück?«

»Morgen früh.«

»Kommst du denn heute abend nochmals her?«

»Ja.«

22

Marie verließ das Haus. Sie ging zu einem Schüler, der sie erwartete, und arbeitete bis zum Mittag mit ihm. Der nächste Unterricht begann erst um drei Uhr. So hatte sie einen Moment ganz für sich allein.

Es ist eine Stunde wie andere Stunden auch. Jede Stunde ist wertvoll, aber diese ist für Marie besonders kostbar, weil sie sie allein erlebt. In diesem Augenblick würde sie die Anwesenheit eines jeden Menschen stören, und sei er ihr noch so vertraut.

Es ist nicht kalt, obwohl sich die Wintersonne nicht sehen läßt. Der Himmel über Paris ist farblos, es gibt nichts, was den Straßen ein heiteres oder tristes Aussehen geben würde: die Häuser haben ganz einfach die Farbe des Steins, aus dem sie erbaut sind, alles zeigt sich so, wie es wirklich ist. Marie geht langsam, kein Hindernis hält sie auf. Sie ist mit sich allein. Sie kann in Ruhe ihren Gedanken nachhängen und die Gesichter der Menschen an sich vorbeiziehen lassen, die ihrem Herzen nahestehen.

Jean: Wo ist die Zärtlichkeit geblieben, von der dein liebes Gesicht stets umstrahlt war!... Ich begreife jetzt, daß es keinen Gott gibt, der die Liebe zwischen einer Frau und ihrem Mann bewahren würde. Es gibt noch nicht einmal ein Wort, um diese eheliche Liebe zu beschreiben. Freundschaft, Zärtlichkeit, Liebe, Leidenschaft, Begierde ... Keiner dieser Begriffe trifft zu, sie bezeichnen alle etwas anderes. So wird der Platz in meinem Herzen mit diesem menschlichen Gefühl namenlos bleiben müssen. Und wenn ich es ganz allein für mich bewahren müßte ...

So vieles hat sich verändert, aber vieles ist auch gleichgeblieben, vielleicht ist manches wahrer, als es früher war, und lebendiger denn je. Denn ich weiß auch, daß ich dich jetzt, heute, weniger begehre. Mag sein, daß dies nur eine Phase in dieser Liebe ist, die ich für dich empfinde. Ich weiß auch, daß ich nie aufhören werde, dich zu lieben. Ich weiß, daß ich dir bis ans Ende der Welt folgen werde, wenn du mich darum bittest.

Claude, meine arme Schwester – ihr Gesicht bedrückt mich! Doch es wird meinem Herzen immer nah sein. Heute abend werde ich noch einmal zu ihr gehen, und morgen fahre ich nach Maubeuge zurück.

Man befreit sich nicht, indem man einen Menschen im Stich läßt. Wirklich befreien kann man sich nur, wenn man sich den Dingen stellt, vor denen man davonlaufen möchte. Aufbruch und Wiederkehr. Und immer wieder erneuter Aufbruch. Wenn ich wegfahre, tue ich es nicht, um ihr zu entfliehen, ich tue es, um auf andere Dinge zuzugehen.

Und du, anderes Gesicht, so jung, so hart, so

fern ... Die schöne Stirn, die sich über mich neigt, Lider mit schweren Wimpern, die von meinen Lippen berührt werden, Haare, die meine Hände gestreichelt haben ... Bist du das Gesicht der Liebe? Warum sollte ich darauf eine Antwort geben ... Gefühle werden gelebt, nicht ausgesprochen.

Du bist sehr weit weg von mir. Und ich nehme diese schmerzliche Entfernung an. Ich weiß nicht, wie sehr du mich liebst. Sage es mir auch nicht. Halte dein Leben vor mir verborgen, behalte es für dich. Du hast das Recht dazu. Und wenn du dieses Recht nicht hättest, müßtest du es dir nehmen. Ich liebe dich, aber ich werde es dir nicht sagen. Nur ich selbst darf es wissen. Warum sollte ich das zügeln, was ich so stark empfinde? Ich liebe dich. Vielleicht für sehr kurze Zeit, vielleicht für immer. Niemand kann es wissen.

Die Liebe kennt weder Vollkommenheit noch die Garantie für ewige Dauer. Die Liebe unterliegt dem Pulsschlag der Zeit, wie alles Lebendige. Sie wandelt sich mit ihm wie alles Lebendige. Sie überlebt oder sie vergeht, sie strauchelt und erhebt sich wieder. Und wenn sie lebt, so kann sie auch sterben. Das ist zugleich das Schöne an ihr. Etwas kann nur dann großartig und bewegend sein, wenn es die Möglichkeit seines Endes in sich trägt. Kampf und Erhalt, vereinter Kampf von Körper und Herz. Niederlage oder Sieg einer Stunde über die vorangegangene ... Langsam vorwärts gehen, durch alle Gefahren, Schritt für Schritt.

Ist die ewige, vollkommene Liebe von unvergänglicher Schönheit? Ist eine sterbende Liebe von tragischer Schönheit? Ist eine neu entstehende Liebe mit all ihrem Glückstaumel von überwältigender Schönheit? Für mich zählt eine andere Schönheit viel mehr – eine Schönheit, die weder unvergänglich noch überwältigend, noch tragisch ist. Sie ist schwerfällig, schwierig, doch wahrhaftiger. Diese Schönheit besitzt eine Liebe weder in dem Moment, in dem sie entsteht, noch in dem Moment, in dem sie stirbt. Nur die Liebe, die lebendig ist, besitzt sie.

Dies ist die Zeit, in der meine Liebe zu dir lebendig ist, schönstes Gesicht meines Herzens. Vielleicht darf ich noch einmal bei dir sein. Züge, immer wieder Züge... Der Stahl der Schienen wird über meinem Leben leuchten, wie die Strahlen eines Sterns. Doch wenn wir uns trennen, soll es weder Tränen noch Abschiedsworte geben. Ohne Beteuerungen und ohne unsere Hände ineinander zu verschlingen, gehen wir auseinander, denn unsere Liebe ist lebendig.

Gesichter meines Herzens...

Doch ist das alles? Gibt es nicht noch etwas anderes? Ein großes, namenloses, noch viel lebendigeres Gesicht, das keine andere Liebe, auch nicht die glühendste, jemals wieder verdrängen kann. Es besteht aus vielen lebendigen Wesen, Dingen, Gesten und Landschaften: Das große Antlitz der Welt, das von Freude und Leid, von Überfluß und Elend gezeichnet ist. Nichts darf sich auf diesem geliebten Gesicht verändern: Alles ist schön so, wie es ist.

Bei diesem Gedanken hielt Marie in ihrem Schritt inne und blieb mit verträumtem Blick und gerührtem Lächeln stehen, an einer Straßenecke in Paris.

Zwei Arbeiter zogen die Seitenbegrenzungen eines Fußgängerüberwegs. Sie beugten sich dabei tief über den stark riechenden Asphalt der Straße. Einer von ihnen hob den Kopf und sah in Maries Gesicht.

»Na, Mädchen, welchem Engel lächelst du denn zu?«

Er beugte sich wieder nach unten. Die Antwort gab Marie nur sich selbst: »Keinem Engel, dir lächle ich zu.«

So wie sie auch all den anderen Menschen zulächelte, die vorübergingen: den beiden Kindern mit der Schultasche unter dem Arm, die neugierig zu ihr herübersahen, der Frau, die an ihr vorbeihastete, dem jungen Soldaten, dem ein Sieg nichts zu bedeuten schien, und all den anderen, denen eines gemeinsam war: die Gnade, auf der Erde leben zu dürfen.

Nachwort

À la recherche de Marie erschien in Frankreich erstmals im Jahre 1943. Wie im Werk von Marcel Proust, den Madeleine Bourdouxhe sehr bewunderte, spielt auch hier die Verschmelzung von unmittelbarem sinnlichen Erleben und wiedergefundener Erinnerung eine zentrale Rolle. Die feministisch geprägte Leserschaft, die mit der neueren literarischen Tradition vertraut ist, mag die konsequente Erforschung der Psyche einer Frau auch noch an andere Schriftsteller erinnern: Virginia Woolf, Jean Rhys oder Marguerite Duras. Doch trotz der formalen Hommage an *À la recherche du temps perdu* ist Madeleine Bourdouxhes Stil so eigenwillig und unverwechselbar, daß man immer wieder zögert, die Schriftstellerin irgendeiner literarischen Tradition zuzuordnen, selbst einer modernistischen.

Ihre literarische Sonderstellung, die besonderen zeitgeschichtlichen Umstände, aber auch Madeleine Bourdouxhes Zurückhaltung und Bescheidenheit erklären, warum die Autorin fast ein halbes Jahrhundert lang unbeachtet blieb. Erst Mitte der achtziger Jahre wurden ihre Werke in Frankreich und Belgien neu aufgelegt: *Sept nouvelles*, ein Band mit Erzählungen, erschien 1985 (dt.: *Wenn der Morgen dämmert*, Piper 1998); ebenfalls 1985 erschien der Roman *La femme de Gilles* (dt.: *Gilles' Frau*, Piper 1996); *À la recherche de Marie* kam 1989 wieder heraus. Auch in englischer Übersetzung wurden diese Werke in den vergangenen Jahren veröffentlicht. *À la recherche de Marie* ist, nach dem großen Erfolg von *Gilles' Frau*, der zweite Roman der Schriftstellerin, der ins Deutsche übersetzt wird. Bis zum Ende des Jahrhunderts werden die meisten von Madeleine Bourdouxhes Werken in mehreren Sprachen vorliegen. Sie starb im April 1996, fünf Monate vor ihrem neunzigsten Geburtstag.

Die Schriftstellerin freute sich über das wiedererwachende Interesse an ihrem Werk, doch es überraschte sie nicht weiter. In meinen Gesprächen mit ihr, die 1988 während meiner Übersetzung der Erzählungen begannen, entdeckte ich, daß sie sich ihrer literarischen Qualitäten immer bewußt war. Sie hatte eine Doppelexistenz entwickelt: In der Öffentlichkeit war sie Hausfrau und Mutter, in ihrer hochentwickelten privaten Welt eine professionelle Schriftstellerin. Sie hatte nie aufgehört zu schreiben, aber sie hatte es längst aufgegeben, auf Anerkennung zu hoffen. Sie hatte sich damit abgefunden, daß ihr literarisches Engagement allein auf ihre schriftstellerische Kreativität fokussiert bleiben mußte und sich nicht auf Verleger oder Leser hin orientierte.

Madeleine Bourdouxhe beantwortete zwar all meine Fragen mit großer Herzlichkeit und Höflichkeit, doch sie hielt sich immer bedeckt, was ihr Privatleben anging, und schloß damit – was vollkommen legitim ist – aus, daß ihre Leser Bezüge zwischen ihrem Leben und ihrem Werk herstellten. »Das Charakteristikum eines Schriftstellers ist, daß er etwas erfindet.« Über *Auf der Suche nach Marie* sagte sie einmal, das, was sie mit Marie verbände, sei lediglich, daß sie beide verheiratete Frauen seien.

In den vergangenen acht Jahren war es dennoch möglich, ihre Biographie zu rekonstruieren, jedenfalls bis zu dem Zeitpunkt, als *À la recherche de Marie* veröffentlicht wurde. Der Erfolg kam über Nacht mit ihrem bei Gallimard verlegten Roman *La femme de Gilles* (1937). Die positive Resonanz der Literaturkritiker sicherte der Dreißigjährigen ihren Platz in der neuen, aufstrebenden Schriftstellergeneration, zusammen mit Simone de Beauvoir und Nathalie Sarraute. Bereits in sehr jungen Jahren – sie wurde 1906 geboren – hatte Madeleine Bourdouxhe beschlossen, Schriftstellerin zu werden. Als sie ein kleines Kind war, kam der wichtigste literarische Einfluß von ihrem über alles geliebten Großvater in Liège, der sie mit der französischen Lyrik und Philosophie vertraut machte. In ihrer Heimatstadt Brüssel verbrachte sie viel Zeit mit dem Dienstmädchen ihrer Eltern, von dem vermutlich die Faszination herrührte, die das alltägliche Leben der Arbeiterklasse auf sie ausübte. Ihre Kindheit scheint zwar behütet, aber dennoch sehr einsam gewesen zu sein. Sie wuchs als Einzelkind auf, bis 1915 ihre Schwester und 1921 ihr Bruder geboren wurde.

1914 erforderte die Arbeit des Vaters den Umzug der Familie nach Paris, wo sie die Jahre während des Ersten Weltkriegs verbrachte. Diese Zeit hinterließ einen unauslöschlichen Eindruck in der Vorstellungswelt des Kindes; dieser findet seinen Niederschlag in einigen lebendigen Vignetten des Pariser Lebens in *Auf der Suche nach Marie*, wo der Charme der Stadt – der Boulevards, Cafés, Bahnhöfe, Plätze und der *petits coins* – auf ganz besonders eindrückliche Weise beschrieben wird. »Meine wichtigsten Kindheitserinnerungen«, erklärt die Schriftstellerin, »sind von Paris geprägt.«

Nach der Rückkehr der Familie nach Brüssel besuchte sie die fünfte Klasse des Gymnasiums. »Ich bin in einem bürgerlichen Milieu großgeworden: mein Vater war Geschäftsmann, meine Mutter verbrachte viel Zeit bei den Nonnen. Beide Eltern interessierten sich nicht für Literatur. Sie überließen mir selbst die Entscheidung darüber, was ich tun wollte. Ich studierte Latein, französische und amerikanische Literatur und hörte dann zwei Jahre lang Philosophie an der Universität Brüssel.«

In Madeleine Bourdouxhes Erinnerung waren dies Jahre intensiver intellektueller Auseinandersetzung: »Wir waren ein kleines Grüppchen, vier oder fünf Studenten, die, angeregt durch ihre Lehrer, ganz unterschiedliche Richtungen eingeschlagen hatten. Wir gingen dem nach, was wir in uns selbst entdeckten und worauf wir durch Zufallslektüre in Buchhandlungen stießen. Niemand in unserer Familie, in der Schule oder auf der Universität führte uns – wir folgten keiner Autorität. Wir setzten uns unsere ästhetischen Maßstäbe selbst, und unsere Einflüsse kamen von Nietzsche, Gide und Apollinaire.«

1927 heiratete Madeleine Bourdouxhe den Mathematiklehrer Jacques Muller, mit dem sie bis zu seinem Tode 1974 zusammenlebte. In den ersten Jahren ihrer Ehe gab sie Nachhilfestunden in Latein und Französisch und unterrichtete an einer Privatschule. »Mein Hauptinteresse galt immer der Literatur und dem Schreiben – das war mein wichtigstes Ziel. Doch ich schrieb weder Gedichte noch Romane oder Essays: Ich wartete auf einen Roman.« 1934 begann sie mit dem Schreiben ihres Erstlingswerks *Vacances*, das sie jedoch nie beendete. Die belgische Anarchistenzeitschrift *Le Rouge et le Noir* veröffentlichte 1936 eine Version dieser Erzählung. 1935 begann Madeleine Bourdouxhe mit *La femme de Gilles*; das fertige Manuskript brachte sie 1936 in das Pariser Büro der literarischen Zeitschrift *La Nouvelle Revue Française*. Im Jahr 1937, als *La Femme de Gilles* bei Gallimard verlegt wurde, begann sie mit der Arbeit an *À la recherche de Marie*. Auch wenn der Roman kein erklärtermaßen politisches Buch ist, so sind doch die Drohung des Zweiten Weltkriegs und die allgemeine Verunsicherung, die ihm vorausging, deutlich spürbar. Kurz nachdem das Manuskript abgeschlossen war, kam die Kriegserklärung, gefolgt von der Besetzung Frankreichs und Belgiens.

Seit dieser Zeit konzentrierte Madeleine Bourdouxhe ihre Energien auf die Arbeit in der Résistance. Sie brachte geheime Botschaften nach Paris und versteckte jüdische Flüchtlinge und Soldaten der britischen Luftwaffe. Der Brüsseler Zeitschrift *Bulletin* erklärte sie 1989: »Wir halfen alle zusammen, das ganze Stadtviertel. Wenn die Gestapo kam und nach irgend jemandem suchte, gab es einen geplanten Fluchtweg durch die Gärten. Wir wußten, daß es gefährlich war, aber wir mußten es einfach tun.«

Ihr politisches Bewußtsein war durch den spanischen Bürgerkrieg wachgerüttelt worden und hatte sich durch ihre Freundschaft mit dem russischen Revolutionsschriftsteller Victor Serge ausgebildet, den sie in Brüssel aufgenommen hatte. Der Krieg und das Leben in der Zeit der Okkupation haben in ihr tiefe Spuren hinterlassen: einmal sah sie, wie eine Amerikanerin auf offener Straße getötet wurde. Solche Erlebnisse fanden ihren Niederschlag in den Erzählungen, die sie jetzt schrieb. Doch veröffentlicht zu werden und ausschließlich das Leben einer Schriftstellerin zu führen waren ihr inzwischen wohl schon nicht mehr so wichtig. Wenige Tage vor der Invasion Belgiens, 1940, gebar sie ihr einziges Kind, Marie. (In der Erzählung *Sous le Pont Mirabeau* beschreibt sie, wie sie mit dem Neugeborenen im Arm aus der Klinik nach

Frankreich floh; der Titel ist eine Reverenz an Apollinaire.)

Inzwischen hatte sie der Pariser Literaturszene den Rücken gekehrt, denn Gallimard und andere Verlage waren von den Nazis übernommen worden. Schließlich gab sie *À la recherche de Marie* einer kleinen Brüsseler Presse, den Editions Libris, die es 1943 veröffentlichten. Sie beschrieb Libris als »über jeden Zweifel erhaben«, womit sie meinte, vom Faschismus unberührt.

Nach Kriegsende begann sie regelmäßig nach Paris zu fahren. Sie besuchte die Cafés der Literatenszene, wo sie sich mit Raymond Queneau, Jean-Paul Sartre und Simone de Beauvoir traf. Sartre veröffentlichte eine ihrer Erzählungen in *Les Temps Modernes*. Simone de Beauvoir, mit der sie sich angefreundet hatte, schätzte und bewunderte ihre literarischen Arbeiten. Sie erkannte in Madeleine Bourdouxhes Werk zwei immer wiederkehrende Hauptthemen: zum einen die genaue Beschreibung der tiefen Kluft, die sich unmittelbar nach der körperlichen Liebe zwischen Mann und Frau auftun kann, zum anderen das Interesse an der besonderen Beziehung, die Frauen zu den Gegenständen der materiellen Welt haben, insbesondere in der Küche (»dem Nest«). Die Passage, in der Marie über das harmonische Einverständnis »zwischen ihren Handflächen und den Dingen, die sie berührten« nachsinnt, regte Simone de Beauvoir zu einer langen Erörterung über dieses Thema in *Le deuxième sexe*

(Das andere Geschlecht, 1949) an. Die Hausarbeit ist nach Simone de Beauvoirs Ansicht für viele Frauen die »soziale Rechtfertigung« ihrer Existenz, eine bereichernde Tätigkeit, die ihren Status in der Welt bestätigt. Das Erfüllen einer Haushaltspflicht wie das Waschen der Wäsche oder das Polieren eines Tisches ist gewissermaßen die aktive Erfüllung eines Traumes: das Negative (der schmutzige Gegenstand) wird durch das Positive (den sauberen Gegenstand) ersetzt. Simone de Beauvoir erwähnt in diesem Zusammenhang die Stelle, in der Maries Glücksgefühl beschrieben wird, während sie ihren Herd putzt: »[sie] polierte ihn ausgiebig und mit Vergnügen, bis das Gußeisen glänzte wie ein Spiegel.« Als Marie die Spiegelung ihres eigenen Gesichts in der Herdplatte sieht, die sie so hingebungsvoll poliert hat, entsteht eine Beziehung zwischen ihr und diesem Herd, einer reflektiert das Bild des anderen.

Daß Madeleine Bourdouxhe in *Le deuxième sexe* mehrfach erwähnt wird, mußte ich selbst herausfinden; sie selbst hatte darüber nicht gesprochen, doch sie schien erfreut, als ich sie darauf ansprach. Sogleich wurden bei ihr Erinnerungen an die Nachkriegsjahre wach, während derer sie regen Kontakt zu Brüsseler Künstlerkreisen pflegte, sich mit Malern wie René Magritte und Paul Delvaux traf und mit ihnen über die Ideen des Surrealismus diskutierte, die bereits zu einem Merkmal ihres eigenen literarischen Stils geworden waren. Sie wurde in dieser Zeit auch *secrétaire perpétuelle* der »alternativen« Libre Académie de Belgique.

Einige von Madeleine Bourdouxhes Erzählungen erschienen in den vierziger und fünfziger Jahren in französischen und belgischen Zeitschriften, doch *À la recherche de Marie* war der letzte von ihr veröffentlichte Roman, bis die feministische Literaturkritik sie in den achtziger Jahren wiederentdeckte. (Ein Experiment in Form einer historischen Phantasie-Erzählung, *Mantoue est trop loin*, hatte sie Gallimard und Grasset angeboten; der Text ist jedoch nie verlegt worden.)

Während die Sogwirkung von Madeleine Bourdouxhes früherem Roman *Gilles' Frau* von der tragischen Unausweichlichkeit der Geschichte ausgeht, wird *Auf der Suche nach Marie* ganz von weiblicher Energie und einem optimistischen Lebensgefühl bestimmt. In *Gilles' Frau* begeht eine junge Mutter Selbstmord, weil sie die Liebe zu ihrem Mann verliert, nachdem dieser eine Affäre mit ihrer Schwester hatte. Im Gegensatz dazu läßt sich Marie, die sich noch nicht für oder gegen Kinder entschieden hat, auf eine Liebesaffäre ein. Daß sie in ihrem eigenen Handeln ihre Befreiung findet, macht die bis in unsere Gegenwart reichende Aktualität dieses Buches aus.

Es ist charakteristisch für den Stil Madeleine Bourdouxhes, daß sie den Leser gleich im ersten Kapitel einen tiefen Blick in das Herz ihrer Heldin werfen läßt. Sie zeigt uns eine dreißigjährige Frau mit einer überströmenden Liebe, die nicht nur ihrem Ehemann gilt, sondern die ganze Menschheit und selbst die Dinge der unbelebten Welt umfaßt: ein Boot in einem Hafen, das gleißende Sonnenlicht auf dem Meer, einen Hotelbalkon, eine Zigarette. Marie wird als eine Frau gezeigt, die ein so reiches und vielfältiges Innenleben hat, daß sie sich permanent in einem Zustand der Euphorie befindet und dennoch immer nur in ihren Phantasien Erfüllung finden kann. Ihr Ehemann, Jean, ist ihr zugetan – doch auch er selbst ahnt, daß er es mit dieser Gefühlsintensität nicht aufnehmen kann.

In der blendenden Hitze eines Nachmittags an der Côte d'Azur gehen Marie und Jean zum Strand; Marie befindet sich in einem tranceartigen Zustand. Während Jean im Wasser ist, tauscht sie einen bedeutungsvollen Blick mit einem jungen Mann aus, den sie am Strand sieht. Im Werk Madeleine Bourdouxhes steht das sexuelle Begehren niemals zur Disposition. So wie in *Gilles' Frau* die Zwangsläufigkeit der tragischen Entwicklung durch den verbotenen Kuß in der ersten Szene vorgegeben ist, gibt es auch für Marie an diesem Punkt keine Umkehr mehr. Den Schaden – oder, in diesem Fall, den Beginn des eigenen Erwachens – kann nichts mehr ungeschehen machen. Doch Marie ist für diesen Aufbruch mehr als bereit, und sie weiß schon in diesem Moment, daß sie mit dem namenlosen Jüngling eine Beziehung eingehen wird. Das Erleben der erotischen Liebe wirkt für sie wie eine Befreiung, durch die sie tief in die unbewußten Schichten ihres

Wesens vorzudringen vermag, die seit ihrer Jugend verschüttet waren. Damit entdeckt sie nicht nur lange verborgene Seiten an sich selbst wieder, sondern sie erweitert mit einem Mal auch ihre Welt.

Die Gefühle, die der Junge in Marie wachruft, geben ihr ein neues Selbstvertrauen. Sie sehnt sich auf einmal nach der Unabhängigkeit, die sie verloren hatte. Sie entflieht Jean und seinen schwatzenden Tennisbekanntschaften, um zum ersten Mal in ihrem Leben mit einem Boot allein auf das Meer hinauszurudern. Wäre Jean bei ihr, dann würde selbstverständlich er die Ruder übernehmen, doch er ist nicht da. »Nicht er ist jetzt wichtig, sondern nur das Meer, dieses Boot und seine Ruder... Es erscheint ihr, als könne sie seit vielen Jahren zum ersten Mal wieder sehen, welche Farbe das Meer bei Nacht hat, und den Geruch einatmen, der von ihm aufsteigt.« In diesem Augenblick ist sie ganz mit sich allein. Diese Szene besitzt eine erstaunliche Parallele zu Kate Chopins Beschreibung in *The Awakening* (1899, dt. *Das Erwachen*, 1996), einem anderen wiederentdeckten Klassiker der Frauenliteratur, in dem die Protagonistin Edna, nach ihrer ersten erotischen Erfahrung mit Robert, aufs Meer hinausschwimmt: »Sie war von einem inneren Jubel erfüllt, so als wäre ihr plötzlich eine ungeahnte Macht verliehen worden, die es ihr erlaubte, die Vorgänge in ihrem Körper und ihrer Seele zu beherrschen. Sie verspürte kein Bedürfnis, sich den anderen Gruppen in ihren sportlichen Wettkämpfen anzuschließen, sondern schwamm ganz berauscht von ihrer neu erworbenen Macht allein aufs Meer hinaus.«

Beide Romane, *Auf der Suche nach Marie* und *Das Erwachen*, sind überraschend offen, was die Beschreibung sexueller Leidenschaft angeht, und beide Protagonistinnen bestehen auf ihrem Recht auf ein unabhängiges, eigenes Leben. Für Marie wäre es ebenso undenkbar, ihren neuen Bewußtseins- und Gefühlszustand mit Jean zu diskutieren, wie für Kate Chopins Edna, über ihr Verhalten »Scham oder Gewissensbisse« zu empfinden: »Sie war ihr Leben lang daran gewöhnt, ihre Gedanken und Gefühle in sich zu verschließen und sie niemals an die Oberfläche dringen zu lassen. Bisher hatten sie nie zu Konflikten geführt. Sie waren ein Teil von ihr und gehörten nur ihr allein. Sie war der festen Überzeugung, daß sie ein Recht auf diese Gefühle hatte und daß sie niemanden etwas angingen außer sie selbst.«

Maries innere Reise – und damit auch der Proustsche Prozeß der Suche nach der eigenen Identität durch die Erinnerung – beginnt in dem Moment, als sie wieder ans Ufer zurückkehrt. Als sie beginnt, sich selbst von den Fesseln weiblicher Unterwürfigkeit zu befreien, stellt sie fest, daß sie »zwischen zwei zerbrochenen Welten hin und her gerissen« ist – mit allen Konsequenzen, selbst der Möglichkeit, beide Männer zu verlieren. Sie läßt ihre Gedanken schweifen. In der bezaubernden Szene, in der Marie einem widerstrebenden, pubertierenden Jungen Lateinnachhilfestunden gibt, erinnert sie sich an frühere Liebeserlebnisse, ihr Studentenleben an der Sorbonne und auch daran, wie ihre jung geschlossene Ehe sie eingeengt hatte, selbst wenn sie äußerlich zufrieden wirkte. Sie war zu einer introvertierten, fürsorglichen Frau geworden, die sehr stark in ihrer eigenen Gefühlswelt lebte und sich voll und ganz ihrem Ehemann, ihrer leichtsinnigen Schwester Claude und ihren Eltern widmete. Sie sehnt sich nach einer Befreiung nach dem Vorbild der Renaissancedichterin Louise Labé – dabei hat sie selbst allerdings nur wenige Freundinnen, denn die meisten anderen Frauen langweilen sie. In der Folge erlebt sie eine Reihe von Momenten, die sie von den Zügeln befreien, die sie bis dahin zu fest in ihren Händen gehalten hatte.

Diese intensiv erlebten Momente können entweder durch eine Verbindung ausgelöst werden, die sich plötzlich zwischen Gegenwart und Vergangenheit herstellt – wie die Flut vertrauter Empfindungen, die über Marcel hereinbricht, während er gegen Ende des letzten Bandes von *Auf der Suche nach der verlorenen Zeit* Musik hört –, sie können aber auch direkt mit einer bestimmten Empfindung zusammenhängen, die eine starke Erinnerung an ein früheres Erlebnis wachruft (wie die in eine Tasse Tee getauchte Madeleine, zuerst in Combray und später in Paris). Wie Marcel erlebt Marie diese beiden Arten wiedergefundener Erinnerungen. Träume aus ihrer Vergangenheit drängen sich manchmal in ihr Bewußtsein, ohne daß sie wüßte, warum, außer daß sie manchmal in der Stimmung ist, sie zu empfangen. In anderen Momenten ist die Verbindung jedoch klar, wie zum Beispiel in der Szene im Haus ihrer Eltern in Neuilly, kurz nachdem sie Jean zum Zug nach Maubeuge gebracht hatte.

Sie kommt früher als gewöhnlich und freut sich darüber, daß die Eltern noch am Frühstückstisch sitzen, ihre Mutter mit einem Haarnetz, das sie seit Jahren nicht mehr gesehen hat. In ihrem gegenwärtigen Zustand emotionaler Verwirrung sucht sie in der vertrauten Umgebung ihrer Kindheit eine Art Selbstvergewisserung und wird reich belohnt. Sie bittet um eine Tasse heißer Schokolade, wie ihr Vater sie für gewöhnlich trinkt: der wohlbekannte, fade Geschmack und die Empfindung des warmen Getränks in ihrer Kehle machen sie überglücklich. Die Gefühle, die das Getränk auslöst, sind zugleich vage, allumfassend und äußerst präzise. Ihre Wurzeln liegen im Vertrauten, in einer wehmütigen Erinnerung an die Kindheit, die dem Leben der Erwachsenen neue Bedeutung verleiht. Marie geht so weit, ihre Mutter zu überlisten, daß sie den Namen einer Nachbarin – wie immer falsch – ausspricht. Bei den anschließend gemeinsam verrichteten Hausarbeiten schwelgen sie in Erinnerungen. Sie lockt ihre Mutter aus der Reserve und zieht daraus Trost für sich selbst. Dabei hat sie diese Situation vollkommen unter Kontrolle.

Maries kontrolliertes Verhalten, die Tatsache, daß

sie häufig über den Dingen steht, unterscheiden sie von den anderen Protagonistinnen Madeleine Bourdouxhes. Mit Elisa in *Gilles' Frau* hat sie zwar einige Eigenschaften gemeinsam – ihre Liebesfähigkeit, ihre Willensstärke und ihr Bedürfnis nach Stille –, doch im Gegensatz zu der aus der Arbeiterschicht stammenden Elisa kann Marie aus intellektuellen Quellen schöpfen: selbst in den besonders intensiven Momenten (die häufig im Präsens geschildert werden), behält sie eine Fähigkeit zur Analyse, zum Interpretieren ihres Erlebens, zur Entscheidung. In einer faszinierenden Umkehrung, die möglicherweise mit ablehnenden Reaktionen einiger Leserinnen auf *Gilles' Frau* zusammenhängt, weil Madeleine Bourdouxhe »es zugelassen hatte«, daß Elisa sich das Leben nimmt, ist es in *Auf der Suche nach Marie* der andere Frauentyp – die kokette, leichtsinnige und geschwätzige Frau –, der versucht, Selbstmord zu begehen.

Die moralische Bewertung des Selbstmords nimmt in der zweiten Hälfte des Romans großen Raum ein, so als hätte sich die Autorin verpflichtet gefühlt, die Debatte weiterzuführen, damit ihre Leserinnen sahen, daß sie das Thema mit dem notwendigen Ernst behandelte. Marie fühlt sich schließlich ihrer Schwester Claude überlegen und steigert sich, trotz ihrer aufrichtigen Angst, Claude könnte sterben, in eine Wut hinein, als sie zu ihr ans Krankenbett eilt: »Verweigerung auf der ganzen Linie! Wenn Frauen sich in die Enge getrieben fühlen, wenn sie zu sehr leiden, ziehen sie sich stillschweigend aus der Affäre. Sie stehlen sich davon – ins Nichts, in der Hoffnung, Frieden zu finden ... Man darf nicht einfach desertieren. Wir stehen auf der Seite des Lebens.« Sie wird etwas milder gestimmt, als Claude versucht, ihr von ihrer unendlichen Verzweiflung zu erzählen, doch die Lebensauffassungen der beiden Schwestern sind grundverschieden. Als Claude ahnt, daß Marie etwas vor ihr verbirgt, bettelt sie, Marie solle ihr alles erzählen, aber Marie weigert sich mit den Worten: »Das Leben ist doch keine Geschichte, die man erzählen könnte ... Etwas vom Leben zu fordern heißt, es von sich selbst zu fordern.«

Daß Marie sich selbst auf einer anderen, höheren Stufe sieht als die anderen, läßt sie zuweilen unnahbar und ungeduldig werden. In solchen Momenten setzt Madeleine Bourdouxhe geschickt den erzählerischen Kunstgriff ein, einer anderen Person den Ball zuzuspielen, so als wollte sie uns die Möglichkeit geben, Maries Verhalten objektiv zu beurteilen: einmal ist es Jean, als es Marie in Maubeuge nicht gelingt, ihre Verachtung für die kleinbürgerliche Hauslichkeit seiner Eltern zu verbergen – »Sie könnte wirklich ein wenig geselliger sein«. Ein anderes Mal ist es der Sartresche Frauenheld Marius Denis, dessen plumpen Verführungsversuch und hochtrabende Pläne für eine Frauenzeitschrift sie mit beißendem Hohn quittiert: »zwei Löffelchen Spinoza, ein Löffelchen Plato, drei Gramm Bergson«. Sie geht hart mit Marius ins Gericht, genaugenommen versucht sie, seine ganze *raison d'être* zunichte zu machen, während er nicht einmal mehr fähig ist, sich zu verteidigen, sondern sie für ihre ungewöhnlich brillanten Reden nur stumm bewundern kann. In diesem Augenblick sehen wir Marie ganz deutlich durch seine Augen. Diese plötzlichen Wechsel der Erzählperspektive in den dramatischsten Momenten verlangen von einem Autor eine meisterhafte Beherrschung seiner Charaktere.

Das Schlußwort hat Marie, die inzwischen so frei und mit ihrem eigenen Leben so im reinen ist, daß sie in der Pascalschen Ehrfurcht vor den »unendlichen Räumen« lebt, im Bewußtsein ihrer Winzigkeit angesichts des Universums. An vielen Stellen des Romans ist Marie ganz allein: als sie zu dem Gewitter in den Bergen aufschaut und sich »inmitten des Unwetters allein die steilen Abhänge hinunterlaufen [sieht], die Augen auf das aufflammende Licht gerichtet und das Gesicht naß vom peitschenden Regen«; als sie beim Abschied von den Soldaten im Zug ihren Namen mit »einfach nur Marie« angibt; und als sie, ganz zum Schluß, lächelnd an einer belebten Straßenecke in Paris steht – beobachtend und beobachtet.

Faith Evans

Faith Evans ist Literaturagentin und Übersetzerin in London.

SERIE PIPER

Madeleine Bourdouxhe

Gilles' Frau

Aus dem Französischen von Monika Schlitzer. Mit einem Nachwort von Faith Evans. 166 Seiten. SP 2605

Madeleine Bourdouxhes Drama einer zerstörerischen Leidenschaft ist eine Wiederentdeckung von höchstem literarischen Rang. Die leidenschaftliche Dreiecksgeschichte zwischen Elisa, ihrer Schwester Victorine und Gilles ist in ihrer Direktheit und Ausweglosigkeit ein Glanzstück der klassischen Moderne: Sinnlich, kühn – und von kammerspielartiger Intensität.

»Schwer zu sagen, was beeindruckender an der Leistung Madeleine Bourdouxhes ist: die kühle Liebe zu ihren Figuren oder die unsentimentale, aber doch fast zärtliche Darstellung ihrer Zerrüttung ... Madeleine Bourdouxhe formt kleine Szenen aus dem Alltag zu einer klassischen Tragödie. Mit einer kühlen, präzisen Sprache entwirft sie Bilder von höchster Anschaulichkeit und Glaubwürdigkeit, Stilleben der Seele, die den Leser durch ihre innere Spannung sofort fesseln. Gerade die scheinbar ruhig distanzierte Darstellung schafft einen Sog der Erzählung, dem man sich nicht entziehen kann. Da ist kein Wort zuviel, und jeder Satz zieht den Leser tiefer hinein in diese verhängnisvolle Affäre.«
Die Woche

Auf der Suche nach Marie

Roman. Aus dem Französischen von Monika Schlitzer. Mit einem Nachwort von Faith Evans. 192 Seiten. SP 2969

»Dieser Roman ist einer der schönsten Liebesromane, die es momentan zu lesen gibt.«
Die Woche

Wenn der Morgen dämmert

Erzählungen. Aus dem Französischen von Monika Schlitzer und Sabine Schwenk. 152 Seiten. SP 2067

»Sie wurde in der französischen Literaturszene gefeiert wegen ihrer subtilen und dichten Sprache, wegen ihrer genauen Beobachtungen und vor allem wegen der ungeheuren Intensität, mit der Madeleine Bourdouxhe Ängste, Hoffnungen, Stimmungen und Stille beschreibt.«
Der Spiegel

Giorgio Bassani

Die Brille mit dem Goldrand

Erzählung. Aus dem Italienischen von Herbert Schlüter. 106 Seiten. SP 417

»Bassani zeigt den lautlosen Fortschritt des Verhängnisses, während sich nach außen hin so wenig ändert – mit dieser Fähigkeit, den wirklichen Gang der Dinge aufzuzeichnen, weist er sich als echter Erzähler aus.«
Franz Tumler

Die Gärten der Finzi-Contini

Roman. Aus dem Italienischen von Herbert Schlüter. 358 Seiten. SP 314

»Mit den ›Gärten der Finzi-Contini‹ legte Bassani seinen ersten Roman vor... eine Meisterleistung. Er liest sich fast wie eine Chronik, die ›Mémoire‹ dreier Jahre im Leben eines jungen Mannes, der zur Jeunesse dorée einer Provinzstadt in Italien, Ferrara, rechnet und plötzlich, 1937, mit der Rassengesetzgebung des Spätfaschismus zum Paria wird. Mit der Präzision eines Archäologen hebt Bassani ein Stück Leben Schicht um Schicht ans Licht.«
Die Welt

Hinter der Tür

Roman. Aus dem Italienischen von Herbert Schlüter. 174 Seiten. SP 386

»Unter den lebenden Erzählern könnte nur noch Julien Green eine solche Verbindung von Zartgefühl und (scheinbar) unbemühter Schlichtheit treffen. Aber Bassani ist ein Julien Green ohne die Rückendeckung des Glaubens. Er unternimmt seinen Rückzug in die vielgeschmähte Innerlichkeit ganz auf eigene Rechnung und tut damit... eher einen Schritt nach vorn, nämlich auf eine Literatur zu, die die Welt nicht nur vermessen will, sondern bereit ist, sie auch in den Antworten zu erkennen und anzuerkennen.«
Günter Blöcker

Der Reiher

Roman. Aus dem Italienischen von Herbert Schlüter. 240 Seiten. SP 630

»Bassani beherrscht die Kunst, seine Personen von sich wegzuschieben und sie quasi in einen Spiegel zu stellen.«
Eugenio Montale

Ferrareser Geschichten

Aus dem Italienischen von Herbert Schlüter. 250 Seiten. SP 430

Alessandro Baricco

Seide

Roman. Aus dem Italienischen von Karin Krieger. 132 Seiten. SP 2822

Der Seidenhändler Hervé Joncour führt mit seiner schönen Frau Hélène ein beschaulich stilles Leben. Dies ändert sich, als er im Herbst 1861 zu einer langen und beschwerlichen Reise nach Japan aufbricht, um Seidenraupen für die Spinnereien seiner südfranzösischen Heimat zu kaufen. Dort gewinnt er die Freundschaft eines japanischen Edelmanns und begegnet einer rätselhaften Schönheit, die ihn für alle Zeit in den Bann zieht: ein wunderschönes Mädchen, gehüllt in einen Seidenschal von der Farbe des Sonnenuntergangs. Auf jeder Japan-Reise, die er fortan unternimmt, wächst seine Leidenschaft, wird seine Sehnsucht unstillbarer, nie wird er aber auch nur die Stimme dieses Mädchens hören. – In einer schwebenden, eleganten Prosa erzählt Baricco eine Parabel vom Glück und seiner Unerreichbarkeit. Der Leser wird eingehüllt von der zartbitteren Wehmut, die dieses zauberhaft luftige Bravourstück durchzieht.

»In dieser wunderbar leichten und zugleich melancholischen Liebesgeschichte stimmt jedes Wort, hat jede Geste Sinn und Bedeutung.«
Brigitte

»Ein weises, schlankes Buch über die Sehnsucht … Ein kleines Meisterwerk.«
Süddeutsche Zeitung

»Der Roman Alessandro Bariccos ist gewebt, wie der Stoff, um den es geht: elegant und nahezu gewichtslos. Die Geschichte ist komponiert wie ein Musikstück, jedes Wort scheint mit Bedacht gewählt, jede Ausschmückung, jedes überflüssige Wort ist fortgelassen. Das schmale Buch bekommt durch diese Reduktion seine außergewöhnliche Dichte, seine kühle, in manchen Passagen spöttische, zugleich seltsam melancholische Stimmung.«
Sabine Schmidt, BücherPick